ぶらり平蔵

決定版⑪心機奔る

吉岡道夫

コスミック・時代文庫

本書は二〇一一年六月に刊行された「ぶらり平蔵　心機奔る」を改訂した「決定版」です。

目次

「ぶらり平蔵」主な登場人物

神谷平蔵（かみやへいぞう）　旗本千八百石、神谷家の次男。医者にして鐘捲流（かねまき）免許皆伝の剣客。千駄木・団子坂上の一軒家に居を構え、医者の看板を出している。

波津（はつ）　平蔵の妻。父・官兵衛（かんべえ）の看病のため岳崗藩（たけおか）に里帰りし、一年になる。

お篠（しの）　団子坂下に住む黒鍬（くろくわ）組の娘。波津の不在の間、平蔵の世話を焼く。

宮内庄兵衛（みやうちしょうべえ）　黒鍬組二の組を束ねる頭領。なにかと平蔵たちを気遣う世話焼き。

佐治一竿斎（さじいっかんさい）　平蔵の剣の師。妻のお福（ふく）とともに目黒の碑文谷（ひもんや）に隠宅を構える。

矢部伝八郎（やべでんぱちろう）　平蔵の剣友。武家の寡婦（かふ）・育代（いくよ）と所帯を持ち小網町道場に暮らす。

斧田晋吾（おのだしんご）　北町奉行所定町廻り同心。スッポンの異名を持つ探索の腕利き。

篠山検校（しのやまけんぎょう）　柳島村に住む盲人の最高位。金貸しが本業。

笹倉新八（ささくらしんぱち）　元村上藩徒士（かち）目付。篠山検校屋敷の用心棒。念流（ねんりゅう）の遣い手。

佳乃（よしの）　新八の世話をする、検校屋敷の座敷女中頭。元直参の娘。

大嶽（おおだけ）　検校屋敷の抱え船頭。元力士。仙台堀の夜鷹・おみつと所帯を持つ。

茂庭十内（もにわじゅうない）　元七百石の旗本。娘のお甲とともに両国で料理茶屋「味楽」を営む。

阿能光茂（あのうみつしげ）　徳川譜代の大身旗本・阿能家当主。蒲柳の質で王子別邸で療養中。

お簾（れん）　光茂の正室。子がなく、家老と語らって実弟を跡継ぎにすべく謀る。

松並主膳（まつなみしゅぜん）　阿能家家老。秀麗な面差しの剣士だが、阿能家を束ねる才幹の持ち主。

疋目十郎太（ひきめじゅうろうた）　馬庭念流道場主。松並主膳と縁をもち、阿能家のお家騒動に与する。

伏木惣六（ふしきそうろく）　疋目道場師範代。音羽の蝮と呼ばれる破落戸剣客。十郎太の相棒。

お妙（たえ）　阿能家女中。光茂の寵愛を受けるが、黙って宿さがりして男子を出産。

美津（みつ）　阿能家女中。お簾の折檻から逃れてきたところを笹倉新八に救われる。

村井晋平（むらいしんぺい）　阿能家の家士。美津を連れて屋敷から逃げるが、追手に討たれる。

序章　走狗

一

——仲夏の候。

梅雨の合間のまぶしいほどの陽射しが軒端から縁側のきわまでさしこんでくる。

母屋の南に植え込んである紫陽花に目をやりながら、佐治一竿斎は妻のお福のたっぷりと厚みのある太腿を枕に耳掃除をしてもらっていた。

おおきな傘のように葉を茂らせた欅の老樹がさしかける影と、紫陽花の涼しげな薄紫色の花が、この蒸し暑さを忘れさせてくれる。

佐治一竿斎は今年六十七歳になる。

かつては江戸五剣士の一人に数えられた鐘捲流の達人で、十三年前までは紺屋町に道場をかまえ百数十人の門弟をかかえていた。

五十四歳まで浮いた噂もなければ、妻子もなく剣術一筋ですごしてきた。

いっぽう妻のお福は禄高百三十石、書院番を勤める石川重兵衛の娘だったが、五尺六寸（約百七十センチ）という女にしては大柄な躰が敬遠されて、二十四歳になるまで縁遠かった。

大柄だがふくよかな顔立ちで、人柄もおっとりした娘だったので仲立ちしてくれる人もいたが、なかなかまとまらなかった。

ためしに佐治一竿斎を引き合わせてみたところ、なんと一竿斎は一目でお福が気にいってしまったのである。

お福のほうも一竿斎の人柄を好ましく思い、ふたりの気の変わらぬうちにと電光石火のごとく祝言をあげることになった。

このとき一竿斎は五十四歳、お福とは三十も年が離れている。

門弟の多くは「もしや師のお命を縮めることになりはしないか」と案じたが、一竿斎は「ばかを申せ。わしを年寄りあつかいする気か」と一蹴した。

事実、娘のような若いお福を妻に娶ってからは弟子たちを辟易させるほど仲睦まじいところを見せつける一方、稽古でも寸分のゆるみも見せなかった。

婚して六年目、一竿斎は「もはや剣術ごっこには飽きた」といいだし、高弟に道場を譲りわたすと、碑文谷村にあった庄屋の隠宅を入手して、お福とともにさっさと移り住んだのである。

いまや一竿斎は六十七歳になっているが躰は矍鑠たるもので、三十七歳の熟れきったお福の女体を堪能させている。

一竿斎は縁側でお福の膝に頭をあずけ、目を細めて陶然としていた。

女盛りのお福は乳房も、太腿も、腰まわりもふくぶくしく脂がのりきっている。

「のう、お福……」

お福の厚みのある太腿を愛撫しつつ、しきりに誘いかけている。

「どうじゃな。暑気ばらいに朝風呂に浸かって背中の流しっこでもせぬか」

「いけませんよ、動いちゃ……ほら、この手はなんですか」

太腿を撫でまわしている一竿斎の手をにべもなく払いのけた。

「ほ、きついのう……ゆうべとはおおちがいじゃな」

「なに、おっしゃってるんですか。おいたがすぎると、神谷さまにいいつけますよ」

「なんじゃ、おまえは何かというと平蔵、平蔵じゃ。おもしろうない」

神谷平蔵は一竿斎の秘蔵の愛弟子で、門弟のなかでも逸材中の逸材だが、亡父の遺志もあって医者をしていた叔父・夕斎(せきさい)の養子となり、いまは千駄木(せんだぎ)の団子坂(だんござか)上でほそぼそと町医者をしている。

　平蔵はいろいろと女出入りの多い男だが、妙に律儀なところもあって、たまに土産(みやげ)をもってはふらりとご機嫌うかがいにきたり、月に一度はかかさず文(ふみ)を寄越す。

　——おまえさまは顔をあわせると叱言(こごと)ばかりいってなさるけれど、おなごに手が早いところは困りものですが、こころばえの優しい子ですよ……。

　などといって、お福は平蔵を弟のように可愛がっている。

　——なにをいうか。おまえのように甘やかしては、若いもんはすぐにつけあがる。鋼(はがね)は熱いうちに鍛えるにかぎるものぞ。

　一竿斎は口とは裏腹に、内心では平蔵のことが気になってしかたがないようである。

「平蔵め、ちかごろはお篠(しの)とやらいうおなごに身のまわりの世話をさせているらしいが、なかなかの器量よしじゃというから、とうに手をつけておろうな」

「まさか、妻が里帰りしているあいだに浮気するようなことは……」

「なんの、里帰りも一年近くともなると、もはや里帰りではすまされぬわ。家出したようなものよ」

　一竿斎、すこぶる機嫌が悪い。

「嫁いだからには婚家が我が家、武家のおなごなら一夜たりとも家をあけることは許されぬ。町家でも三日帰らねば離縁ものじゃ」

「それは、まぁ、そうでしょうけれど……いろいろと事情があるのでしょうよ」

「バカをもうせ。おなごは嫁いだ家が戦場じゃ。侍がおのれの事情で戦場を離れてみよ。すぐさま打ち首じゃ」

「もう、なんということを……」

「平蔵も平蔵よ。さっさと去り状を送って離縁すればよいものを、あやつめ、なにをぐずぐずしておるのかのう」

「それは夫婦の情があるからでしょう」

「なにをいうか。夫婦はともに寝起きしてなんぼのものじゃぞ。おなごがいったん嫁いで家を出たからには天地が裂けようともくっついて離れてはならん。妻は家守というて、家にいてこその妻よ。それができぬとあればけじめをきちんとつけるしかないわ」

　一竿斎は苛立って舌打ちした。

「曲官兵衛どのも、中気で気力も萎えてしまわれたようじゃが、夜叉神の一族は並の者とはちがう堅い契りで結ばれておるゆえ、夫婦仲など屁のようなものなのじゃろうな」

「もう、おまえさまは……」

「あやつも面倒な家のおなごに手をつけたものじゃのう」

舌打ちすると、一竿斎はむくりとお福の膝枕から起きあがった。

「ちと、出かけてくるぞ」

「また仙涯和尚さまのところですね」

「うむ。おまえが背中の流しっこをせぬのなら、碁でも打ってきたほうがよいわ」

「ふふふ……ほんと、すぐ、すねるんだから。子供みたい」

「なにぃ」

「いいえ、なんでもありませぬ。どうぞ、ごゆっくり……」

二

一竿斎の親友で碁敵でもある仙涯和尚が住職をしている真妙寺は、隠宅から半里（約二キロ）ほどのところにある。

一竿斎は涼しげな絽の夏着に紙衣の伊賀袴をつけ、腰に一文字助真の脇差しを帯びているだけの軽装だった。

この紙衣の伊賀袴は平蔵が紙の里で知られた九十九郷の曲家に居候していたときに送ってくれたものである。

頭に竹の編笠をかぶっているのは日よけのためだが、歩いている姿はとても七十近い年寄りには見えない。

細身ながら十代のころから剣術で鍛えあげた筋肉はいささかも衰えてはいない。いまでも朝起き抜けの真剣の素振りをつづけている。いまさら剣の修行というわけでもないが、三十も年下のお福に立ち向かうためには、むざむざと老いぼれるわけにはいかないのである。

――おもしろうないの。

たまには昼間、お福といっしょに風呂にはいり、たっぷりと量感のある肌身を味わおうとしていたのをすかされたからだ。

――あやつめ、みせしめにしばらく可愛がってやらぬぞ。

一竿斎は年甲斐もなく子供のように拗ねているのだ。

――よしよし、今日は仙涯どのと日暮れまで碁を打って、お福めをすこし心配させてやるとするか……。

そんな他愛もないことをたくらみながら、真妙寺の藁屋根（わらやね）が見えるところまで来たときである。

前方から一目でやくざ者とわかる人相の悪い男どもが数人、裾を端折（はしょ）り、畦道（あぜみち）いっぱいにひろがり、声高（こわだか）に昨夜遊んできたらしい女郎の品定めをしながらやってきた。

いずれも腰にやくざ者が威嚇（いかく）と喧嘩（けんか）に使う長脇差（ながどす）をさしている。

なかに一人、懐手（ふところで）をした二本差しの浪人がまじっていた。

上背のある屈強な体軀で、頰にえぐれたような刀傷がある、暗い人相の侍だった。

その浪人者が立ち止まり、着物の前をまくって勢いよく小便をほとばしらせた。

「へっ、せんせいよう。よく飛ばしてくれるじゃねぇか。ゆんべ夜っぴて女をひいひぃ泣かせてたにしちゃ竿（さお）がへたってませんぜ」

「おうおう、まだぴんぴんしてやがらぁ。さすがですねぇ」

やくざ者たちが股ぐらをのぞきこみながら卑猥（ひわい）な口をたたいている。

その背後を一竿斎が通り抜けようとしたときである。

「おっと爺さん。ちょいと待ってくんねぇ」

ふたりのやくざ者が一竿斎の行く手に立ちふさがった。

「よう、爺さん。このあたりにお妙ってぇ女がいるはずなんだがね。知らねぇかな」

「百姓女にしちゃ、ちょいと渋皮のむけた別嬪だってぇから、爺さんも噂ぐらい聞いたことがあるんじゃねぇのかい」

一竿斎、じろりと一瞥しただけで通りすぎようとしたが、やくざ者はしつこかった。

「おい、爺さん。ちいっと耳が遠いらしいな。お妙だよ。お妙……」

「生まれたての餓鬼をかかえた一人暮らしだってぇから、爺さんの耳にもはいってるんじゃねぇのかい」

「知らんな」

一竿斎はじろりと睨みつけ、脇を通り抜けようとした。

「おい！　待ちやがれ」

やくざ者がドスのきいた声で威嚇し、一竿斎の腕をつかもうとした瞬間、どこをどうされたか、その躰がふわりと宙に舞って蛙のように道に突っ伏してしまった。

「な、なんでぇ！」

「この糞爺ぃ！　おい、みんなやっちまえ」

殺気だって長脇差を抜きはなつと、一竿斎を遠巻きにし、じりじりと鋒をつけつつ、隙をうかがっている。

なかなか修羅場馴れした動きだ。

そのとき小便をおえた浪人者がゆっくりと囲みを割って前に出てきた。

「おまえたちはすっこんでろ！」

凄みのきいた低い声でやくざ者を制止すると、大刀の柄に手をかけて、ぐいと鐺を跳ねあげた。

「いいか！　この年寄りはただもんじゃない。おまえらは手出しするなっ」

やくざ者たちを制止しておいて、すっと腰を沈めた。頰の刀傷がぴくっぴくっと痙攣するように吊りあがった。

やがて浪人者は腰を落としたまま、じりじりと左へ、左へとすり足でまわりこみはじめた。

佐治一竿斎はまだ脇差しの柄にも手をかけず、ふらりと風にそよぐ葦のように浪人者の動きにあわせて佇んでいた。

「ほほう……おまえさん、すこしは遣えるようじゃが、名はなんという」

「………」

「ふふふ、名乗る余裕もないようだの」

「なにぃ」

「三途の川を渡るにも名無しでは渡れまい」

「ちっ、おれは越前浪人江尻佐平次！　富田流の太刀さばきを見せてくれるわ」

「なるほど富田流か……わしの親戚みたいなものだの」

「なんだと……」

「ふふ、わしは佐治一竿斎というてな。富田流とおなじように小太刀も遣う」

「うっ！　きさまが、佐治一竿斎……」

江尻佐平次の顔色がみるみる変わった。

「ほ、わしの名を知っておるのか」

「う、ううっ……」

「やめるなら一向にかまわぬぞ。わしは碁打ちに行くところでな。こんなところで暇つぶしはしとうない」

にたりと笑ってみせた。

その、人もなげな余裕が逆に江尻佐平次の心気に火をつけたのか、だっと足を蹴って刃をふりかざし、刃風を巻いて佐治一竿斎に斬りつけてきた。

——一閃。

一竿斎の腰間から鞘走った一文字助真の大脇差しがキラリと真夏の陽光に煌めいた。

一尺九寸四分（約五十八センチ）、鉄砲切りの異名をもつ、助真の刃が抜く手も見せず、江尻佐平次の小手を刀の柄もろとも真二つに切り落とした。

血しぶきが佐平次の右手首から噴出した。

「うっ！　うううっ……」

振り絞るような呻き声をあげ、たたらを踏んで畦道をよろめいて青菜の畑に突っ込んでいった。

あとに取り残された右手首が刀の柄をつかみしめたまま、生き物のようにひくひくと痙攣している。

「あ、わわわっ！」

一人のやくざ者が断末魔の獣のような悲鳴をあげて逃げ出すと、残りの者も先を争い、蜘蛛の子を散らすように畦道や畑の土を蹴散らして逃げていった。

江尻佐平次が血のほとばしる手首をつかんだまま、よろめきながら立ちあがり、ふらつく足で畑を踏み荒らしつつ遠ざかっていった。

「ふうむ。どうやら、お妙と文太をこのままにはしておけぬようじゃのう」

佐治一竿斎は眉をひそめて、ぼそりとつぶやいた。

「やれやれ、うっとうしいことじゃ」

佐治一竿斎は畦道に置き去りにされた手首と刀を足の先でひょいと用水路に蹴りこむと、何事もなかったように真妙寺に向かってすたすたと歩きだした。

夏の陽射しが佐治一竿斎の背中にまぶしく照りつけている。

第一章　怯(おび)える女

一

お妙は畑の畦道に腰をおろし、胸をひらいて、まだ生まれて三月にしかならない赤子に乳を飲ませていた。

この赤子の名は文太という。

父親は一度もこの子の顔を見たことがないし、おそらく一生見ることはないだろう。

そう思うと可哀相にと思う。一目でも会わせてやりたいとは思うが、会わせるわけにはいかなかった。

それに文太をお妙に授けた父親は、産んだ赤子が男の子か、女の子かも知らないはずだった。それどころか、無事に子を産んだかどうかも知らないはずだ。

もし、知れば会いたがるだろうが、会わせるわけにはいかなかった。

この子の父親のことはだれにも知られてはならない。もし、屋敷に知れたらどんなことになるか、そう思っただけでも怖くなる。

――可哀相だけれど、おまえは父無(ててな)し子のままで我慢してね。

無心に乳を吸う赤子に頬ずりして、お妙は涙ぐんだ。

――文太はあたしがひとりで育てて守ってあげる。命がけでね……。

ぴちゃぴちゃとちいさな掌(て)で乳房をたたきながら、むんぐむんぐと喉を鳴らして無心に乳を吸いつづける文太の、まだ産毛(うぶげ)につつまれた頬っぺたを眺めているだけで、お妙は幸せだった。

お妙は今年で二十一になる。

瓜実顔(うりざねがお)のふっくらした顔立ちである。

生まれつき肌も色白で、目鼻立ちもととのった、なかなかの器量よしだった。

それに子供のころから利発で、心根のやさしい女の子だった。

十五、六になると縁談はいくつも持ちこまれたが、五つのころからお妙に読み書きや十露盤(そろばん)を教えてくれていた真妙寺の仙涯和尚は、お妙の名付け親でもあり、お妙の利発さにかねてから目をかけていた。

そのせいもあって、お妙を百姓家に嫁(とつ)がせるのは惜しいと思っていたらしく、おりあるごとに武家屋敷に奉公に出してはどうかと父親にすすめていた。

――お妙を一生、野良仕事でおわらせては可哀相だ。お妙のような娘ならもしかするとれっきとした武家か、ちゃんとした大店(おおだな)に嫁がせることができるかも知れないよ。

なにしろ、お妙の家は田畑ももたない貧しい小作百姓で、お妙を頭(かしら)に四人もの弟妹たちが二間しかない狭い家にひしめいていた。

食うのがやっとの、水呑み百姓の子(こ)沢山(だくさん)という貧乏暮らしである。

早いところ口べらしをしたいと思っていた父親は迷ったあげく、とうとう和尚の熱心な説得を受け入れた。

「ン、だば和尚さまにおまかせしますべい」

口べらしだけではなく、お妙を奉公に出せば年にいくばくかの給金ももらえるし、すこしは家に仕送りすることもできるだろうという仙涯和尚の説得にひかれたというのが父親の本音のようだった。

――お妙ほどの器量よしをみすみす百姓に嫁がせるには惜しいし、かといって妾奉公(めかけぼうこう)に出す気にはなれない。万が一、玉(たま)の輿(こし)に乗るような運が向いてくれれば、お妙も幸せだろうし、おらたちもおこぼれにありつけるかも知れねぇ……。

それが、お妙の一生を左右する運命の分かれ道になったのである。
和尚の檀家だという三好屋という口入れ屋は、お妙を一目見て太鼓判をおした。
――なかなかいい娘だねぇ。器量もよし、気立てもいいし、行儀もいい。おまけに字も書けるし、十露盤もできるとありゃ、いうことはありませんな。

三好屋は二つ返事で引き受け、お妙を店に連れてくると、それまで粗末な野良着姿に踵がすり切れた藁草履のままだったお妙を古手屋に連れていった。

あれこれ品定めをしてから三好屋は野良着をぬがせ、かわりに縹色（淡い藍色）の着物に赤い帯を締めさせると、白足袋まで買ってくれた。

「おお、おお、よう似合う。馬子にも衣装というてな。ひとは見かけで八分通り品定めするものじゃからな」

衣替えして見違えるようになったお妙を見て三好屋は満足そうにうなずくと、すぐに髪結いを呼んで当世風の娘島田に結わせた。

土臭い田舎娘だったお妙は、たちまち器量よしの町娘に変身した。

「よしよし、これならどこにだしても恥ずかしくはない」

三好屋はえびす顔で揉み手して、お妙に駒下駄を履かせると、音羽にある大きな武家屋敷に連れていった。

大きな門構えのある途方もなく広い屋敷で、家来や女中が何十人もいるという。

おまけに屋敷はここだけではなく、ほかに二つもあるらしい。

――こんだら広いとこにいたら、迷子になっちまう。

はじめ、お妙は怖じ気づいたが、いまさらあともどりはできないとあきらめた。

お妙が十六になったばかりの春だった。

二

――あれから五年……。

長かったような気もするが、あっという間だったようにも思える。

つらいことも数えきれないほどあったが、悪いことばかりでもなく、楽しいこともすこしはあった。

なかでも文太を授けてくれたおひととの秘め事は、短いあいだだったが、いま、思いかえしてみると、たとえようもなく甘美な思い出になっている。

いまでも、そのころのことを思い出すと躰の芯がじわりと疼いてくる。

お妙が身籠(みご)もったのは、その秘め事のためだが、お妙に悔いはなかった。悔いれば、そのおひととの秘め事を悔いることになる。

むろん、子堕(こお)ろしする気など毛筋ほどもなかった。

——この子はわたしが一人で産んで、一人で育てる。

そう、こころにきめた。

そのころ、お妙の父親は妻を亡くし、弟妹たちも家を出てしまっていたため、一人で暮らしていた。

お妙は父の面倒をみるためといって宿さがりを願い出た。

そのことを知った、あのおひとは沈痛な表情でうなずき、お妙に錦織(にしきおり)の守り袋を手渡して、

——これは、その腹の赤子がわしの子だという証(あか)しじゃ。無事に産み落としたら、かならず知らせてまいれ。よいか、よいな。

何度も念をおした。

しかし、お妙は知らせる気はなかった。

そんなことをしたら、大変なことになることがわかっていたからだ。

いまも、その守り袋は晒(さら)しの布にくるんで肌身離さず腹に巻いている。

いつか、文太に知らせてやるときがくるかも知れないが、そのときも父親がどこのだれかということは伏せるつもりでいる。

ただ、父親はけっして薄情なひとではなく、優しくて立派なひとだということだけを教えてやるつもりでいる。

お妙の父親はどうやら察しがついたらしく、よけいなことはなにもいわなかったし、責めもしなかった。

ただ、宿さがりしてきて、お妙の腹がふくらんでくるにつれ、口さがない村の者はいろいろな憶測をした。

——きっと、お屋敷でだれぞとつるんだにちげぇねぇ。

——ンだ。盛りがついたあまっこは雌犬みてぇなものだでよう。しょうがあんめぇさ。

しばらくは噂の種になったが、そんななかでお妙をどこまでも庇ってくれたのは、父親と仙涯和尚だけだった。

しかし、その父も半年後に風邪がもとで、亡くなってしまった。

父を亡くしたお妙が、ひとりで出産したとき、寺の飯炊き婆さんを連れて、駆けつけてきてくれたのも仙涯和尚だった。

その、おいねという飯炊きの婆さんは若いころ、さんざん苦労してきただけに赤子の取り上げにも馴れていたし、産後の子育ての面倒もいろいろみてくれた。

文太という名は赤子を授けてくれたおひとの幼名にちなんで、お妙がつけた。

文太がすくすくと育っているのは仙涯和尚と、おいね婆さんのおかげだ。

三

いま、お妙は文太をおぶったまま、仙涯和尚の肝煎りで真妙寺の庫裏で近くの子供たちにいろはの読み書きを教えたり、寺の畑を耕して野菜を作ったりしている。

いまのところ、なんとか二人ぐらいは食べていけるだろう。

それ以上のことは、もう何も望まない。

お妙はまだ二十一の女盛りだから、子連れでもいいから嫁にきて欲しいという男も何人かいたが断った。

――このまま文太とふたりでいられればなんにもいらない。

夏の陽射しをうけて額に汗が流れてきた。

お妙は青々とした畑を見渡しながら、頬かぶりしていた手ぬぐいをとって額の汗をぬぐった。

腹がくちくなったのか、文太は生意気にあくびをひとつすると、お妙の乳房をぴちゃぴちゃとちいさな両手でたたきながらとろとろと眠りはじめた。

「おう、やはりここにおったか……」

声がして、白髪頭の老人が畦道を踏んで近づいてきた。

仙涯和尚が親しくしている佐治一竿斎というおひとだった。

和尚の話だと剣術の達人だそうだが、お妙が見たところは、とても刀などふりまわしそうもない穏やかなひとだった。

ときどき和尚に頼まれて野菜や草餅（くさもち）を届けにいったりするが、お福さんという、まだ四十の坂は越えていない、ふくよかな奥さまとふたりで暮らしていることしか知らない。

「ともあれ間におうてよかった。さ、いっしょにおいで……しばらくは家にもどらぬほうがよいようじゃ」

「え……」

「侍とやくざ者が目の色を変えて、おまえさんと赤子を捜しまわっておったからな」

「！……」

お妙は息をつめ、思わず顔色を変えた。

「お侍、が……」

一竿斎は目を笑わせながら、じろりとお妙を見据えた。

「ふふ、ふ。どうやら思いあたることがあるようだの」

お妙の顔から血の色がひいた。

――まさか、わたしと文太のことが、御方さまの耳に……。

そう思うと途端に生きた心地がしなくなった。

「よいよい。はなしはあとで聞くとして、ともかくわしのところに来るがよい」

一竿斎はこともなげに笑みかけた。

「あんたと赤子の身を頼むと、たった今、仙涯さんに頼まれたところじゃ」

「和尚さまが……」

「うむ。仙涯さんも目をつけられているやも知れぬでな。あんたは真妙寺に顔をださぬほうがよかろう。わしの家にくればなんの心配もいらぬよ。まあ、大船に乗ったつもりでおればよい」

「は、はい……」

「ほほう、みごとな青菜の畑じゃな。おしたしにすればうまい酒の肴になるじゃろう。すこし、もろうていこうかの」

一竿斎は無造作に手をのばして、柔らかな青菜をえらんで摘みとりはじめた。

——ほんとに、大丈夫なんだろうか……。

なんとも気楽な一竿斎のようすに、お妙は不安にかられた。

目の色を変えて、お妙を探しまわっているという侍たちは、お屋敷の御方さまに命じられてきた家来たちにまちがいない。

見つかったら最後、お妙はもちろん、文太も殺されてしまうだろう。

朽ちかけた家など、どうなってもかまわないが、文太だけはなんとしても守りぬかなければならない。

いまのところ、お妙が頼れるところといえば仙涯和尚の寺しかないが、その仙涯和尚がお妙と文太の身を頼んだのが、このお爺さんだという。昔は剣術の達人だったといっても、いまは白髪頭のご隠居さまだ。

御方さまが差し向けてきた侍たちは屈強の剣術遣いばかりだろう。もし斬り合いにでもなったら、とても勝ち目はなさそうだった。

かといって、ほかに頼れるようなところはない。

――どうしよう……。

お妙のこころは千々(ちぢ)に乱れた。

第二章　珍奇な患者

一

その日、神谷平蔵は朝から休む間もなく、汗だくになりながら診療に追われていた。

平蔵は駿河台（するがだい）に屋敷がある大身旗本神谷家の次男に生まれた。

本来なら、どこぞの旗本の婿（むこ）養子におさまるところだったが、亡父の遺志で十九歳のとき、医師をしていた叔父、神谷夕斎の養子に出された。

平蔵は七つのころから鐘捲流の達人、佐治一竿斎の道場に通い、十八のとき門弟筆頭になり、十九歳で免許を授けられたほど剣才にめぐまれていた。

いっぽう色事のほうも早熟で、幼馴染（おさななじ）みの矢部伝八郎（やべでんぱちろう）と誘いあっては色街にせっせと足を運んでいた。

父が亡くなって神谷家の当主になっていたひとまわり年上の兄の忠利（ただとし）から大目玉を食い、戒（いまし）めのため土蔵にとじこめられたことも数えきれないほどある。

それで懲（こ）りるどころか蔵のなかで男女の秘事を描いた枕絵を見つけてひそかにもちだし、伝八郎に見せびらかしては二人で女体の探求にいそしんでいた。

剣才には秀（ひい）でていたが、算用のほうはとんと苦手な口だし、好奇心が人一倍強く、糸の切れた凧（たこ）のようにどこへ飛んでいくかわからない気随気儘（きずいきまま）な気性だった。

そのため、ついた仇名（あだな）が、ぶらり平蔵。

まず、養子には不向きの質（たち）だろうと亡父はみていたから、医師をしていた弟の夕斎の養子にだそうとしたのだろう。

平蔵も日々、裃（かみしも）つけての窮屈な城勤めはまっぴら御免だった。おまけに顔も見たことのない世間知らずの武家の家つき娘を否応なく妻に娶（めと）り、種付け馬にさせられるなど勘弁してもらいたいと思っていた。

だから叔父の養子になって医者になることには、それほど不服はなかった。

ただ、いざ医者になってみると、この商売もなかなか楽なものではない。

医は仁術などというお題目はお為（ため）ごかしの綺麗事にすぎないことが、このところ平蔵にもようやくわかりかけてきている。

とはいえ、まだ駆け出し医者の平蔵を頼ってきた患者が快方に向かい、

「こうやってピンピンしていられるのも、せんせいのおかげでさぁ」

「あたしゃ、もう、せんせいのほうに足を向けて寝られませんよ」

などといわれたときは、なにやらくすぐったいものの医者冥利に尽きたものだ。

――とはいうものの……、
閑古鳥が鳴くほど暇なのも困るが、こう忙しくちゃたまらん……。

それも、財布が銭でたんまりふくらんでいる患者ならともかく、ひと目でその日暮らしとわかる患者ばかりだった。

だいたいが、朝飯前に飛びこんできた患者が不運のはじまりだった。

ぎっくり腰になった小柄な亭主をおぶってきたのが大女の女房だったのはいいとしても、腰を痛めた原因を聞いて呆れた。

亭主の朝帰りに腹をたてた女房がガミガミ嚙みついたのがきっかけで夫婦喧嘩になったのだという。

夫婦喧嘩などめずらしくもないが、そのあげくに小柄な亭主のほうが女房に突き飛ばされて、腰を痛めたらしい。

ふたりとも働き盛りの年頃だが、なにせ亭主は五尺（約百五十センチ）にもみ

たない小男で、おまけに干し鰯のような貧弱な躰をしている。

いっぽう女房のほうは豊満な肥体で、たっぷりした乳房と見るからに厚みのある腰とおおぶりな臀をしている。

俗にいう蚤の夫婦だった。

二

亭主は看板書きが稼業だった。

看板書きは、貼り替え屋ともいって、筆と紙、墨や硯のほかに糊などの商売道具を箱にいれたのをかついで、江戸御府内から近郊をせっせとまわる。

茶店や、髪結い床、船宿などに飛び込みで注文をとって、障子や行灯の紙を張り替えては屋号や商いの売り文句などを筆書きにして料金をもらう職人である。

手先は器用で愛想はいいらしいが、どちらかというと力仕事には不向きな男だ。

いっぽう女房のほうは搗き米屋に雇われていて、臼にいれた玄米を杵で客の注文にあわせ、白米や七分搗き、五分搗きなどに搗きあげるのが日課の女だということだ。

米搗きの合間には荷車で運ばれてきた俵の米を担いで蔵に運びこんだりもするというから、男も顔負けの力持ちなのだろう。

女ながら肩幅もあり、足腰もしっかりしていて腕の筋肉もたくましい。

「よいか、おまえたちの躰を見くらべてみろ。とっくみあいの喧嘩をすれば、ハナから勝ち負けは見えておる」

「へ、へい……そりゃ、まぁ」

「おまけにだ。朝帰りしたとなれば、おまえのほうが悪い。ひらあやまりして、懸命に女房の機嫌をとるところだろう」

いちおう説教してやったが、亭主のほうにもそれなりの言い分があった。

「ですがね、せんせい。こいつが並の小言をいうくらいならあやまりもしますがね。ふだんから、やれ稼ぎがすくないだの、飯を食うのにだらだらしているだのって、頭ごなしにガミガミ文句ばかりぬかして、威張りちらしやがるもんですからね。あっしも、つい、そのむかっ腹がたって……」

「ははぁ、つまり、すこしは亭主の顔をたててくれと、こういいたいんだな」

つい、うっかり亭主の肩をもちかけたのがまずかった。

「なにさ、なにが亭主よっ！」

途端に女房が噛みついた。

「あたしが働いてるのをいいことに稼ぎはみい〜んな酒と女につぎこんでしまうわ、おまけにここんとこ十日のうえも、あたしに指一本さわろうともしないじゃないか。それで亭主面されちゃ間尺にあわないよっ！」

「こ、これですよ、せんせい……」

看板書きの亭主の情けない顔をみるとバカバカしくなったが、この場はなんとか丸く収めるしかない。

「おい、夫婦喧嘩するのは勝手だが、そういがみあってばかりいては、そばで見ている子が可哀相だとは思わんのか」

「よしてくださいな。あたしたちに子供なんかいやしませんよ」

女房は分厚い掌をふって一蹴した。

「あたしらが所帯もって二年になりますけどね。このひとが夜になると猫なで声だして、あたしにすりよってきたのはホンのしょっぱなの半年ぐらいのもんですよ」

膝をのりだし、女房はここを先途と一気呵成にまくしたてた。

「あとは、やれ腰をもんでくれだの、遠出してきて疲れただのと能書きたれちゃ、さっさと酒飲んで寝ちまうだけ、赤子なんかできっこありませんよ」

女房にまくしたてられ、亭主は口をもごもごさせるだけだ。

「ははぁ、そりゃいかんなぁ。せっかく縁あって夫婦になったんだろうが。ン？　男としてちゃんとすることはしてやらんと亭主面などできんぞ」

夫婦仲のよしあしはともあれ、喧嘩のもとは一にも二にも朝帰りした亭主にある。

こういうときは何はともあれ女のほうの肩をもっておくしかない。

しかし、干し鰯の亭主のほうも口だけは負けていなかった。

「へ、へい。ですがね、せんせい、うちのやつときたら、そりゃもう……へへへ」

亭主は小鼻をぴくつかせ、したり顔でにやついてみせた。

「なにせ、うちのやつの、あんときの声ときたらすげぇのなんのって、しめぇにゃ床板がギシギシしなうほどしゃくりたてやがるんでさぁ。隣からは冷やかされるし、大家からも床が傷むと文句いわれるし、ほんと、まいっちまいますよ」

「ちょいと！　なんてことというのさ。そこまでいうことないだろ。ンもう、恥ずかしいっちゃありゃしない」

なんと女房は途端に量感のある躰をすくめて頬を赤らめた。

――ふうむ。大女のわりには可愛いところがあるじゃないか……。

平蔵はおおいに好感をもった。

よく見れば、躰はおおきいが愛嬌（あいきょう）のある丸顔をしている。

顔や首筋は日焼けしているが、肌は色白で胸元からあふれださんばかりの大きな乳房は搗きたての餅のようにむちむちしている。

――ははぁ、さしずめ、この干し鰯、このどでかいおっぱいにしゃぶりついてみたかったんだろう……。

蚤の夫婦には得てして、この手の組み合わせが多いものだ。

「そりゃ、おまえのほうが悪い」

じろりと亭主を睨（にら）みつけてやった。

「夫婦が子づくりに精出すのは至極当然。床板が軋（きし）もうが、どんな声でさえずろうが、だれにも文句はいえんはずだ。大家が文句いえば安普請（やすぶしん）のせいだと言い返してやればいい。ちがうか、ン？」

「え……け、けどよう、せんせい。ものにはほどってもんがありまさぁね」

「だまれっ」

平蔵が一喝(いっかつ)してやると、干し鰯が火で炙(あぶ)ったスルメみたいにちぢみあがった。

台所で包丁を使っていたお篠が手をとめて吹き出している。

「よいか。ン？　だいたいが人は食うものを食い、仕事にせっせとはげみ、男と女が睦(むつ)みあうために生まれてくるようなもんだ。朝帰りするほど精があまってお るなら、その分、せっせと女房を可愛がってやることだ」

「へ、へい……」

「しかも、女房はけなげにも腰を痛めた亭主をおぶって、えっちらおっちら団子坂を登ってきたんだぞ。なんと見あげた女房どのじゃないか。こんな女房はめったにおらんぞ」

「せ、せんせい……」

途端に女房は声をうるませた。

「よく、いってやってくださいました」

「ン、うむ……」

とはいえ、このままでは亭主のほうも男として立つ瀬もなかろう。

「だがな。まぁ、わしに免じて今回はひとつ勘弁してやれ。初手はなにも嫌いで夫婦になったわけじゃなかろう」

「え、ええ、そりゃまぁ……」

首をすくめ、ちいさくなっている亭主をちらりと見て、女房のほうも、そぞろ哀れをもよおしたらしい。

「ウチのひと、根っこはひとがよくて、商売熱心で真面目なタチなんですよ。あたしみたいなできそこないの女を女房にしてくれてさ。浮気はするけど、たまにはあたしのことも可愛がってくれてるもんね。ね、ね、そうだろ。おまえさん」

「ン、うん……」

先々のことはわからないが、どうやら丸くおさまったようだ。

台所にいたお篠に温湿布の支度を頼んでおいて、干し鰯を腹這いにさせた。

まるで干物のように肉の薄い躰だった。

平蔵が指で腰椎の腎兪というツボを探り、指でぐいっとおしてやると、干し鰯が「そ、そこ……」と涎をたらしてうめいた。

紅紐で襷がけしたお篠が小盥に湯をいれて運んできた。

白い二の腕をたくしあげて晒しの布を湯に浸して絞っているお篠を、腹這いのまま干し鰯が目をすくいあげてポカンと見あげた。

「へええ、こんなべっぴんさんが、せんせいのご新造ですかい」

「この、バカ！　どこ見てんのさ」

途端に女房に頭をこづかれ、干し鰯がちぢみあがった。

お篠が忍び笑いしながら絞った晒しの布をひろげて、干し鰯の腰椎のうえにあてがって温湿布してやった。

入念に湿布をしたあと、平蔵は干し鰯の背後にまわり、両脇をかかえこんで羽交い締めにすると、ぐいっと宙づりにした。

「あわわわっ！」

干し鰯の亭主は首をしめられた軍鶏のような悲鳴をあげたが、二、三度宙づりを繰り返してやると、ずれかけていた骨盤がうまくツボにはまったようだ。

これは柔術の達人から教わったもので関節の矯正におおいに役立っている。

ゆっくりおろしてやると、亭主は座ったまま、きょとんとしてふりかえった。

「せ、せんせい……」

「よしよし、もう、いいぞ。そのまま、ゆっくり立ってみろ」

「へ、へい……」

おずおずと腰をあげた亭主を見て、女房が喜んで抱きついた。

「おまえさん！　立てたじゃないか」

「お、おい。よせやい……」

まるで干し鰯が女相撲(おんなずもう)にだっこされているような珍妙な格好だった。

なにはともあれ、干し鰯の腰抜け亭主が、なんとか女房の肩にすがってよちよち歩けるようになった。

治療代のほかに夫婦の揉め事裁きの分もちょびっと上乗せし、〆(しめ)て七百文とふっかけてみたら、太っ腹の女房が、すんなり払って帰っていった。

やはり男女の揉め事は女の肩をもってやるのが得策のようだ。

ふたりを玄関前の通りまで送りだしたお篠が笑顔でもどってきた。

「あのふたり、ほんとは仲がいいみたいですよ。ああいう夫婦もあるんですね」

「ふふふ、蚤の夫婦ってのは存外ウマがあってるもんさ。腰もなおってしゃきっとしたゆえ、今夜あたりは長屋の根太が抜けるほどの大相撲をとるんじゃないかな」

「ま、なんてことおっしゃるんですか」

お篠が頬を染めて睨みつけたが、すぐ吹き出しそうになり、カラコロと下駄(げた)を鳴らして台所に駆け込んでいった。

三

お篠は黒鍬組(くろくわぐみ)の組頭である宮内庄兵衛(みやうちしょうべえ)の配下で、十二俵一人扶持(ぶち)という貧しい家に生まれたが、母親が早死にしたため、長女のお篠に家事万端がのしかかり、二十三になるまで嫁(い)き遅れてしまっていた。

目尻がきりっと切れあがっているせいで勝ち気に見えるが、物腰はやわらかで何事にも控えめな女だった。

うなじがすらりとしていて撫で肩のせいか、見た目は華奢(きゃしゃ)に見えるが、腰まわりには女盛りらしいふくらみがある。

なかなかの器量よしだし、躾(しつけ)もよくできた娘だったので縁談はひっきりなしにあったようだが、お篠はどうしても武家の嫁にはなりたくないと断りつづけていたらしい。

そこで宮内庄兵衛が仲立ちして小間物の行商をしていた左吉(さきち)という真面目な男に嫁がせたものの、婚して二年目に風邪がもとで呆気(あっけ)なく亡くなってしまった。

さいわい、お篠は針仕事の腕がなかなかのものだったので宮内庄兵衛が仕立物の賃仕事をとってやったところ評判がよく、一人口を糊するぐらいは困ることもないらしい。

いまは団子坂下の長屋に一人住まいしているが、昨年、胃腸の具合が思わしくないというので平蔵のところに診療にきた。

そのとき胃から腹にかけて触診して、お篠が絹のようななめらかな肌をしていることに瞠目したが、食が細く、肉づきも女盛りにしては細身だった。

平蔵は投薬よりも偏食をあらためさせ、納豆や菠薐草の胡麻よごし、山芋、鶏卵、鰯や鯵などの干物、人参、牛蒡などをかかさず食べるようにすすめた。

お篠は素直に食事に気をつけるようになったおかげで、胃腸もよくなり、細身だった躰にも肉がついて、めっきり女らしく艶やかな躰つきになってきている。

昨年、平蔵の妻・波津の父・曲官兵衛が中気で病臥することになった。

その看病のため、波津は急いで岳崗藩領九十九郷の生家に帰郷したが、そのとき、お篠に平蔵の身のまわりの世話をしてくれるよう頼んでいったのである。

お篠は身分は低いとはいえ、武士の娘だけに挙措や言葉遣いにもそつがなく、家事もまめまめしくやってくれるので平蔵もおおいに助かっている。

いまでは仕立物の賃仕事もここに持ちこんで、家事の合間にこなしていた。

お篠は縫い物ばかりか台所の切り盛りもなかなかのものだった。

平蔵の懐具合にあわせて、魚一匹を買うにしても鯛や平目などの高直な品には手をださず、鰯や鯖、秋刀魚などの安い魚を旬に買っては旨いものを造ってだしてくれる。

しかも、武家の出だけに血だらけの怪我人がかつぎこまれてきても、動じることなく介添えして手伝ってくれる。

四

二番目の患者がこれまた、さっきの看板書きの干し鰯より情けない男だった。

女房が浮気をしていると聞いて、相手の男に文句をつけにいったところ、浮気されるてめぇが悪いんじゃねぇかとハナであしらわれたあげく、ボコボコに殴られて顔が腫れあがったのだという。

バカバカしくて、はなしにもならない。

膏薬を塗って追い返したが、巾着に八十文しかないという。

無い袖はふりようがないから、有り金の半分の四十文で勘弁してやった。

三番目の患者は左官の職人だったが、四人の子沢山で、それが、みんな年子だという。

「もう、これ以上、赤子は勘弁してもらわねぇと、こちとらおまんまの食いあげになりまさぁ。なんとか、その女房に子ができねぇようになりやせんかね」

「ふうむ……」

平蔵、呆れたものの、その気持ちはわからなくもない。

根が真面目で女房ひとすじの亭主にかぎって、せっせと夜も励むから、女房の腹もやすみなくつぎからつぎへと子を孕む。

こればかりは、ひとが生き物であるかぎり、避けられない自然の摂理だ。

「ま、どうでも子を産ませたくなければ、女房に手出ししないことだな。ン？」

にやりと片目をつぶってみせたら、やっぱりそれっきゃ手はねぇんですか、と左官屋はがっくり気落ちした顔つきになった。

ちょっぴり可哀相になって、

「ま、うまくいくかどうかわからんが、まるきり手がないこともないな」

平蔵、あまりアテにはならないまでも、いちおうの助言はしてやることにした。

「え、ほんとですかい……」

「ああ、犬や猫、牛や馬でも盛りがつくころというのがあるだろう」

「へ、へい」

「ふつう、生き物というのは種つけのころあいというのがある。その時期になると雄雌ともに盛りがついて、雌が子を孕(はら)みやすくなるようにできておる」

「へ、へぇ」

「ところが人というのは一年中、盛りがついているような始末の悪い生き物だからな」

「へへへ、そこんとこが、ありがてぇような、ありがたくねぇところですがね」

「ただしだ。月に一度だけ、おなごが孕みにくいときがある」

「え……」

「どんなおなごでも、月に一度は赤馬(あかうま)がやってくるときがあるだろう」

「あ……へ、へい」

「赤馬のさいちゅうなら一番安心なんだが、そいつは女房もいやがるだろうから、赤馬がいなくなったあと、五、六日のあいだなら、めったに孕むことはないだろう」

「え……たったの五、六日ですかい」

途端に情けない顔になったところをみると、この左官屋、さっきの干し鰯とちがって毎晩でも女房にのっかりたい口らしい。

「ああ、せめて十日といってやりたいところだが、十日過ぎると孕みやすくなるというから、すこし値引きして赤馬のあと五、六日のあいだなら、まず大丈夫だろう」

「そこんとこ、もう、ちっと色をつけてもらえやせんかねぇ」

質屋の番頭と質草の値付けの駆け引きでもしているようなことをいう。

「しょうのないやつだな。だったら赤馬のときをいれて半月ぐらいのあいだにうんと精だして気張ればよかろう。それくらいの辛抱はできるだろうが、ン？」

「半月ねぇ……」

「ちっ、おれなんぞ一年近く、おなごなしで過ごしておるんだぞ」

「へへへ、嘘だぁ。せんせいにゃ、あんな別嬪（べっぴん）のご新造がいるじゃねぇですかい」

「バカもん。あのおなごは預かりものだ」

「へぇえ。預けたやつはよっぽどの間抜けですねぇ。猫に鰹節（かつぶし）あずけるようなもんだ」

「こいつ……」

「へへへ……」

「ともかく、それでも我慢できないとなれば女房にないしょで根津権現門前の色町にでもいって遊んでくることだな」

　女房が耳にしたら目を三角にして怒鳴りこんできかねない診断をしてやった。

　べつに治療してやったわけではないから診察料はいらんといったら、左官屋は律儀者らしく「そうはいきやせんや」といって五百文も払って帰った。

　おおかた女房に鉄砲が命中して、子堕ろしの婆さんにふんだくられるよりましだと思ったのだろう。

　あとは左官屋がどれだけ辛抱できるかどうかのはなしだ。

「あんなことおっしゃっていいんですか」

　左官屋が帰ってから、お篠が不服そうに口を尖らせた。

「ン？　ああ、赤馬のことか」

「え、いいえ。わざわざ女遊びをすすめたりなんかして……」

「ふふ、なぁに、あいつにそんな度胸はなかろうよ。おおかた赤馬の最中でも女房にのっかりにいく口だろう」

「もう、なにおっしゃるんですか」

お篠が袂を口にあて、目で睨んだ。

「平蔵さまもずいぶん、お口が下世話になりましたのね」

「あたりまえだ。医者も霞食って生きるわけにはいかんからな。とれるときに、とっておかんとこっちの顎が干あがる」

「はいはい……」

お篠がくすっと笑うと、カラコロと下駄を鳴らし、裏口に駆けていった。

患者の足が途切れたところで、早めの昼飯を食うことにした。

五

昼と夜は朝炊いた飯を茶漬けにするか、残り物の野菜の屑を刻み込み、おじやにして食うことになっていた。

そのほうが薪がすくなくてすむし、一升釜で炊いたご飯のほうがおいしくいただけますと、お篠はつましいことをいう。

昼と夜の飯は朝研いだ米を一升釜で炊いた残りと決まっている。

お篠も三食、平蔵の家でいっしょに食べることにしている。

　お篠はほっそりした躰つきのわりにはまめまめしい性分らしく、黒鍬組の長屋から古い鎌と鍬をもらってくると、家事の合間をみては雑草を刈りこみ、三十坪ぐらいある裏庭の半分近くを畑にしてしまった。

　駿河台にある平蔵の生家でも裏の一角を畑にしてあったから、子供のころは遊び半分で下男の市助といっしょに畑仕事を手伝ったことがある。

　平蔵も患者のこないときは手伝ったが、畑仕事というのは剣術の稽古より疲れるものだ。

　お篠は娘のころ畑仕事をしていたというだけあって、鎌や鍬の使い方も平蔵よりはるかにうまいし、なにより根気がいい。

　どうにか三畝ほどの畑ができると、お篠は肥料を埋め込み、春先にやってくる苗売りから茄子や胡瓜、蚕豆などの苗を買って植えつけてしまった。

　苗が伸びてくると篠竹の束を買いこんでささえにし、毎日せっせと水やりをかかさなかった甲斐があって、茄子や胡瓜は食べきれないほど実をつけるようになった。

　あまった茄子や胡瓜はお裾分けに宮内庄兵衛の家にもっていったり、平蔵の剣友の矢部伝八郎や笹倉新八などが遊びに来たとき、土産にもたせて帰す。

伝八郎のところは三人の子持ちだから、食い扶持が助かるといって、さして用もないのに三日にあげず面をだしては縁側から畑を眺め、

「いやぁ、ここの茄子はお篠どののようにふっくらして、実にうまい」

などと物欲しげによいしょしては、茄子や胡瓜をお篠からせしめて帰る。

「おれのところは八百屋じゃないぞ」

平蔵もときおり皮肉をいうが、伝八郎には蛙の面にしょんべんで、いけしゃあしゃあとしたものだ。

お篠はそうやって伝八郎からせびられるのがうれしいらしく、

「よいではありませんか。茄子も胡瓜も若いうちのほうがみずみずしくておいしくいただけますもの」

などというものだから伝八郎はずうずうしく、つけあがる一方である。

お篠は今朝も手際よく飯を炊いたあとの残り火を七輪に移して、裏庭の畑からもいできた茄子を半分に切って串に刺し、皮目を炙り、味噌だれをたっぷりのせた鴫焼きにしてだしてくれた。

それに豆腐と青菜の味噌汁、畑でとれた胡瓜の糠漬けが添えられている。

豆腐は平蔵の好物で、毎日でも飽きない。

酒を飲むときは短冊(たんざく)切りにした豆腐を串焼きにし、裏表を火で炙ったやつに柚(ゆず)と胡麻の合わせ味噌をつけた田楽(でんがく)豆腐にしてだしてくれる。

伝八郎や新八などはこの田楽豆腐に味をしめて、貧乏徳利をぶらさげてはちょくちょくやってくるほどだ。

お篠にはこれといってきまった手当をはらっていないのが気になっているが、はじめに波津さまからいただいていますからという。

それに、風呂は平蔵がはいったあとの残り湯にいれていただいていますから湯屋賃もかからないという。

また、団子坂下の長屋の家賃ぐらいは仕立物の手間賃でおつりがくるくらいだから気になさらないでくださいましなどともいう。

いまや、お篠は世話女房も裸足(はだし)で逃げ出すほどかけがえのない女になっている。

六

その日、四人目にやってきた患者は団子坂下の長屋に住んでいる佐平(さへい)という顔見知りの大工だった。

腹が張って、飯を食う気にもならない。

――どこか悪いんじゃないか……。

心配になって診てもらいにきたのだということだった。

胃の腑が痛むかと聞いたら、どこも痛いところはないという。

触診してみたら、案の定、下腹がぱんぱんに張っている。

「ははぁ、これだな」

「え、なんかタチの悪い腫れ物ですかい」

不安そうに目をしばたいた。

「なに、ただの糞づまりだ」

「フンづまり……」

きょとんとして、口をとんがらせた。

「そんなこたぁねぇでしょう。あんなものは飯を食ってりゃケツから出てくるもんときまってまさぁ」

どうやら、ハナから便秘というものを軽くみているらしい。

こういう手合いには、うんと脅しつけておかないと懲りないものだ。

「いいか。およそ生き物というのはな。骨と袋と水でできておるようなもんだ」

佐平の腹を触診しながら、重々しい口調で言って聞かせた。

「へええ。そいじゃ、まるきし提灯鮟鱇（ちょうちんあんこう）みてぇじゃねぇですか」

佐平は仰向けになって腹を出したまま、きょとんと平蔵の顔を見あげた。

「ふふふ、うまいことというな。ま、生き物はおよそそんなものだ。飲み食いしたものは口からはいって、まず、胃の腑という皮袋におさまる。わかるな」

平蔵は指で喉から胃の腑をなぞりつつ、臍（へそ）の下までたどってみせた。

「この胃の腑というのは、提灯みたいに伸び縮みするから大食いすればふくらむようにできておる。おまえの腹にもずいぶん食いものがたまっているぞ」

「へ、へぇ……」

「ここからすこしずつ袋の穴を通って腸（はらわた）に送りこまれ、滋養になるものをとりこんだあと、しぼりカスは糞になって尻の穴から外にすんなりとひりだされる」

「へへへ、それくれぇのことはあっしにだってわかりまさぁ」

「それがすんなりいっておらんのが、ここんところだ」

平蔵は親指で佐平の臍の下をグイと押した。

「い、いててっ。いてぇよ、せんせい」

佐平が顔をゆがめると、バッタのように跳ねた。

「痛いのは腸に食い物がつまりすぎておるからだ。……ほら、ここが堅くしこっておるだろう。こいつがフンの固まりというやつだ。それも、どうやら三日、いや、五日分はこってりたまっておるな」

「そんなこたぁありませんぜ。昨日も一本か二本、ひねた人参か牛蒡みてぇなやつをひりだしましたぜ」

「今朝はどうだ」

「え？　いや、今朝はまだですがね」

「じゃ、一昨日（おととい）はひりだしたか」

「さて、どうだっけなぁ……」

首をかしげている。

「飯はどうだ。ちゃんと食っておるのか」

「へい、そりゃもう。いつもは、きっちりと三度三度、茶碗に五、六杯はかきこんでまさぁね」

「そんなに食って、二日で人参が一本や二本じゃおかしいとは思わんか」

「へへへへ、べつに、あんまり考えたこともありませんや。でぇいちよ、食ったぶん、そっくり出しちまったら身につきゃしねぇでしょう」

「バカをいえ。おまえぐらいの大食らいなら糞もこってり出るはずだ」

「へぇえ、そんなもんですかねぇ」

「だいたいが、おまえは日頃から、早食いの、大食らいだろう」

「へ、へい。そりゃまぁ、もたもた飯を食ってちゃ仕事になりやせんからねぇ。ガガッとかきこんで、早いとこパパッと仕事に飛びださねぇと親方に怒鳴られますんで」

「それがいかんのだ、それが。だいたい歯はなんのためにある」

「え、そりゃ、ま、沢庵（たくあん）や牛蒡みてぇな堅いもんを食い切るとか……」

いいさして佐平はにんまりした。

「へへへ、ま、たまにゃかかぁを抱いてるとき、乳首とか臀っぺたを舐めながら、ちょいちょい噛んでやりやすがね」

「なにぃ……」

「いえね。うちのかかぁは変わりもんでしてね。あちこちに、やんわり歯をあてて噛んでやるとひぃひぃ喜んでしがみついてきやがるんでさ。へい」

土間の台所で洗い物をしていたお篠が、たまりかねたように忍び笑いしている。

早飯、早食いが癖になっている町人には便秘や下痢（げり）で悩んでいる者が多い。

おおかたは売薬で間にあうが、なかには売薬ではおっつかない頑固な便秘症もある。

食習慣や暮らしぶりを改めないと、いつまでたっても治らないし、それが重症になると、命をちぢめることにもなりかねない。

それに便秘と下痢は、痔疾（じしつ）の引き金にもなるから油断できない。

痔疾は今の医術ではなかなか治癒しない難病のひとつで、ことに穴痔（痔瘻（じろう））になると完治は、まず望めない。

女房をよろこばせるのもいいが、大食らいと早食いだけはやめろと脅かしておいて、通じの薬をだして帰した。

つぎの患者は目つきの鋭い、博奕打（ばくちう）ちらしい面構えの男だった。

左の二の腕と、右の太腿に刃物で削（そ）がれたらしい傷口がある。

巻いてあった包帯がわりの晒しの布が血で真っ赤に染まっていた。

お篠に油紙をひろげさせ、そのうえに男を寝かせてから、まず傷口に焼酎（しょうちゅう）を流しこんで消毒した。

パックリあいた石榴（ざくろ）のような傷口から白い肉がはじけていたが、傷はそれほど深くはなかった。

お篠に手伝わせて、傷口を縫合した。

この縫合用の鉤針は伝通院前の名医で、平蔵が心服している小川笙船からもらったもので、釣り針造りの職人に注文したものだということだった。

細くて鋭利なわりには丈夫で、縫合には重宝している。

釣り糸で傷口を縫合するあいだも、男は眉ひとつ動かさず、魚のような目で天井を見つめているだけだった。

相当に肝の据わった男のようだった。

こういう患者は医者としてはあつかいやすく、処置も手早くすむ。

縫合しおえた傷口に化膿止めの練り薬を塗りつけ、晒しの布で包帯をした。

「帰るときはできるだけゆっくり歩くことだな。腕も懐手にして動かさないようにしろ」

「へい……」

男はゆっくり起きあがると、魚のような表情のない双眸でまじまじと平蔵を見つめた。

「腕がいいね。せんせい……」

ぼそりとつぶやくようにいうと、薄気味の悪い笑顔を見せた。

「おまけに、ご新造さんも女にしちゃ肝が据っていなさる」

ちらりとお篠を見やって、うなずいた。

「こんだけの刃物傷を見りゃ、たいがいの女は逃げ腰になるもんですがね。顔色ひとつ変わらねぇのはてぇしたもんだ」

お篠は患者からご新造さんと呼ばれるたびにくすぐったそうな顔になるが、いちいち弁解していてはキリがないから涼しい顔で受け流している。

男は着物の袖に腕をとおしながら、にんまりした。

「気にいったよ、せんせい。これからもよろしく頼んますぜ」

こんな男に気にいられても迷惑なだけだが、男は上機嫌だった。

「おれは滝蔵(たきぞう)ってんですがねぇ。下谷(したや)あたりでなんかやばいことになったらちょいと声かけてくだせぇ」

「ン？……」

「なぁに、てぇげぇのことはおれが顔見せただけでカタがつきまさぁ」

「ほう、たいした顔らしいな」

「だからよ、声かけてくれりゃ、いつでもすっとんできますぜ」

こいつに助っ人を頼むようになっちゃ、おれもおしまいだなと苦笑いした。

治療代が七百文だというと、それじゃ安すぎらぁ、と気前よく一分銀をおいて足をひきずり帰っていった。

「ま、一分も……」

お篠は目を瞠（みは）ったが、なに、どうせ博奕かなにかで稼いだあぶく銭だろうと苦笑した。

よくしたもので、その後はパッタリと患者の足がとまった。

第三章　遁げる女

一

音羽の一角に三千坪余の広大な旗本屋敷がある。

庭の一隅に樹齢数百年は越すといわれている大銀杏の大木が聳えていることから、ところの人びとから銀杏屋敷と呼ばれている。

その屋敷の一角にいくつもの土蔵が甍を並べていた。

――その夜。

片隅の土蔵のなかで目を背けたくなるような惨劇が繰り広げられていた。

土蔵は武具を納めておくためのものらしく古めかしい鎧櫃や、槍、鉄砲などが壁ぎわに整然と納められている。

厚い板敷きの床の中央には五寸角の太い柱が梁をささえていた。

湿気を嫌って、壁の窓は扉で閉ざされていて、星の光もさしこまない。

いわば、暗黒の密室だった。

土蔵のなかにいくつかの手燭の灯りがほのかに揺らいでいる。

手燭をかざしているのは、この屋敷の奥に仕える侍女たちのようだった。

手燭の淡い灯りは荒縄で幾重にも縛りあげられ、太い梁から吊るされたまま、身じろぎもしない若い女の姿を照らしだしていた。

女は白い肌襦袢に二布をつけただけの寒ざむしい姿で、口には赤い腰紐で猿轡を噛まされていた。

眉目も鼻もこぢんまりした目立たない顔立ちで、背も小柄だった。

ただ、縄目が食いこんだ乳房は白くふくよかで、腰も太く、臀や太腿も娘らしい張りがある。

屋敷女中というよりは田舎の小娘のような躰つきだった。

御殿髷はくずれ、背中を流れた髪の毛先が腰にからみついている。

顔には傷ひとつついていなかったが、乳房や、臀部、太腿は打擲を受けた跡らしく、みみず腫れになって鬱血していた。

そのまわりには侍女のほかに、屋敷の家人らしい二人の若い侍がとりかこんでいた。

一人は馬乗り用の鞭(むち)を手にし、もう一人は竹刀(しない)をもっている。

縛られた娘の前には、見るからに権高(けんだか)なようすの女性が扇子(せんす)を手に立ちはだかっていた。

金糸銀糸もきらびやかな豪華な打掛けをまとい、高貴な衣装を身につけている。

衣装からみて、この屋敷の奥方か、もしくは愛妾(あいしょう)らしい貴婦人だった。

結いあげた艶(つや)やかな髷には黒漆(くろうるし)に美しい貝殻をちりばめ金象眼(きんぞうがん)をあしらった櫛(くし)、目にもまばゆい金銀細工をほどこした珊瑚(さんご)の髪飾りをつけている。

見るからにほっそりした華奢(きゃしゃ)な躰つきだが、肌が抜けるように白く、目を瞠(みは)るような美貌の女性だ。

「ええい。しぶといおなごじゃ」

さも憎さげにお歯黒の唇をゆがめて吐き捨てると、かたわらの若侍が手にしていた竹刀を取り上げた。

「おのれはようも、ようもぬけぬけと！」

貴婦人にふさわしからぬ憎にくしげな声で罵(ののし)ると、きりりと目尻を吊り上げ縛られている女を睨(にら)みつけるや、手にした竹刀で女のふくよかな乳房を打ち据えた。

縄目をかけられた乳房が鋭く震えた。

女は身をよじり、かすかな呻き声をもらしたが、やがて気力も萎えたように、身じろぎもしなくなった。

「御方さま。お怒りのほどはわかりますが、もはや、美津もさぞかし悔いていることでございましょう」

老女らしい年配の侍女が声をかけたが、その差し出口が御方さまの怒りの炎にさらなる油をそそいだようだ。

「いうな！　これしきの仕置きで、わらわの怒りがおさまると思うてか！」

御方さまは竹刀の先で、美津と呼ばれた娘の白い絹の肌襦袢をおしひらいた。

手燭の灯りに照らされた美津の乳房は娘らしいふくらみがある。

御方さまは竹刀をふりかざし、その乳房のふくらみをびしびしと打ち据えた。

二

――深更。

扉が閉ざされた土蔵のなかは漆黒の闇につつまれていた。

美津は身じろぎもせずにぐったりと首を落としたままだった。

もはや打擲の痛みすら感じなくなっていた。

——いずれは御方さまに責められ、殺されてしまうにちがいない。

美津は絶望のなかで、この春、別邸で殿さまに命じられて書庫についていったときのことを思い出していた。

棚から書物をえらんでいた殿さまのうしろに控えていたときである。

ふと、振り向かれた殿さまの眼差しが、美津の胸にそそがれているのに気がついた。

美津の乳房は手鞠（てまり）のようにふくらんでいて、どんなに襟（えり）をかきあわせても、むくりとせりだしてくる。

それが恥ずかしくて乳あての布できつくしめつけてはいるが、しめつけても乳房のふくらみは隠しきれるものではない。

殿さまの眼差しは、その胸のふくらみにそそがれていた。

美津がいそいで襟前をかきあわせようとしたときである。

「気にせずともよいぞ」

殿さまは腰をかがめると、美津の両手首をつかんで優しくささやかれた。

「おなごの乳房は男のこころをなごませる宝のようなものよ」

「おそれいります」

美津は身の置き場もなく羞じらった。

「わしは母の乳房を知らぬ。乳母の乳で育てられたゆえな」

なにやら、さみしげな声音だった。

「乳母の乳房は美津のように豊かでふくよかでな。心根も優しいおなごであった。おなごは優しいのがなによりじゃ」

そういうと殿さまは無造作に手をのばし、襟を割って美津の乳房をさぐりとった。

美津は身をすくめ、しゃがみこんでしまったが、殿さまは手をゆるめず、乳房をすくいあげ、乳首をまさぐった。

殿さまの手は温かく、掌もおなごのように柔らかだった。

その柔らかな掌が美津の乳房を愛おしむように、気が遠くなるほど愛撫しつづける。

美津は惑乱しつつ、ひしと両目をつむると殿さまの腕にしがみついた。

「そう固くならずともよいぞ」

殿さまは美津の腰をすくいあげると、書庫の床にゆっくりとその躰を横たえた。
「ここにはわしとそちの二人きりじゃ。だれ憚ることはない」
殿さまは美津を横抱きにすると、美津の乳房に顔を埋め、乳首を口にふくんだ。
乳首を強く吸いつけられた瞬間、美津の全身に痺れるような鋭い戦慄が走った。
戦慄は怯えとともに、えもいわれぬ甘美な疼きをもたらせた。
やがて熱い吐息とともに殿さまの唇が美津の唇を吸いつけてきた。
美津は目をとじて、殿さまのなすがままに身をゆだねていた。
かすかな怯えはあったが、悔いは微塵もなかった。
どこかで、いつか、こうなるときが訪れることを望んでいたような気もする。
それは武家屋敷に奉公にあがる女中のだれもがもつ、淡い夢でもあった。

三

美津は上総の農家に生まれた。
名前はみつといったが、庄屋の口利きで武家屋敷に奉公することになったとき、
庄屋が仮名文字のみつより、漢字にしたほうがいいと美津という漢字名に変えて

くれたのだ。

十二のとき、家で飼っていた雌牛の種付けを見て、大人になるとあのようなおぞましいことをするのかと怖じ気づいた。

この土地では男女の交合はごくおおらかなもので、十四、五の思春期を迎えるころには男と女の交わりごとも、おぼろげながらもわかってくる。

美津は十六のとき、村の秋祭りの夜更けに田圃に野積みした藁束のうしろの暗がりで、近くの家の若夫婦が交わっている現場を盗み見たことがある。

それは獣のような浅ましい光景のように見えたが、ふたりはあられもないことを口走りながら、そのことに熱中していた。

まだ十八の若妻は両足を夫の腰に巻きつけ、低く押し殺したような呻き声を間断なく漏らしている。

若妻はそのことをすこしも嫌がっているようには見えず、それどころか男に甘えているような声音だった。

すでに初潮を迎えていた美津は十二、三のころとはちがい、それをおぞましいことと思わなくなっていた。

かすかな恐れはあったが、いっぽう、ひそかに胸をときめかす甘やいだ期待もあった。

村の若者は美津の乳房がふくらみかけてくるのを待っていたように卑猥な声をかけてきたり、胸や臀をさわりにきたりする。

若者ばかりか、女房や子もいる男も、ひとり暮らしの後家に夜這いをかける。

村祭りの夜は酒に酔った男は娘を誘い、暗がりで野合する。

なんの楽しみもない村では男と女の交合だけが、きつい野良仕事の合間の、たったひとつの憂さの捌け口になっていた。

娘たちは男から飢えたような目で見られることを口では嫌がっているようにいうものの、本音のところは男にかまわれることを心待ちにしている。

村の若い男は嫁をもらうか、婿養子にいかないかぎり、いくつになっても嫁はもてないから女体に餓えている。そのためもあって江戸に出る若者があとを絶たなかった。

娘のほうも、いつ、どこに嫁にだされるかわからないし、もし嫁に貰い手がなければ女中奉公にだされるか、親の野良仕事を手伝うしかなかった。

もし、親が借金を払えなくなったり、年貢が収められないときは女衒に売られて、花街に身を沈めるしかない。

村にいれば野良仕事、娼婦になれば見ず知らずの男に躰をひらく。どっちにしても辛い行く先しか見えない。それくらいなら、いっそのこと顔馴染みの村の若者に抱かれたほうがましだと思う娘もすくなくなかった。

美津も奉公にあがる前、幼馴染みの男としめしあわせて水車小屋のなかで逢い引きしたことがある。

男と女の交わりというものにひそかな胸のときめきもあったが、その男が子供のころから美津をずっと好いてくれていたのがわかっていたから餞別という気持ちもあった。

しかし、せっかく初穂を摘ませてやったにもかかわらず男の仕草は、ただ、せわしないだけで呆気なくおわってしまい、鋭い痛みがあとに残っただけだった。

それからも求められるままに二度、その男に抱かれたが、積み藁の陰で睦みあっていた若夫婦のような甘やいだ交わりとはまるでちがっていた。

十七のとき、この屋敷に奉公するようになってからも、仲間の女中たちのなかにはおどろくほど早熟な女もいて、こっそり布団のなかで枕絵を見たり、人気役者の話に熱くなる女もいた。とはいえ武家屋敷に奉公する女中のほとんどは殿さまの目にとまって御側女になるか、でなければ家中の侍の妻になりたいという願望をもっていた。

むろん美津にも、その願望はあった。

ただ、美津は色白だがそれほどの器量よしではなかったから、願望はあっても淡い期待でしかなかった。

しかし、それが突然、美津に現実のこととなってふりかかってきたのだ。

体調をくずされた殿さまは別邸で療養中だった。

別邸は留守居の家人がいるだけで、女中の数もすくない。そのため殿さまの身のまわりの世話をするよう老女から命じられて別邸にまわされたばかりだった。

書庫のなかの出来事は、それから、わずか三日後のことだった。

すでに男を知っていたせいか、そのことへの恐れはあまりなかった。また日頃から殿さまの優しい人柄を知っていたから、しゃにむに抗うという気持ちはなかった。

殿さまとお簾の方さまの仲が疎遠になっていることもわかっていたし、我意も、癇性も強いお簾の方さまへの反感もあった。

——お可哀相な殿さま……。

そんな思いも重なってか、お美津はさほどに抗うこともなく、殿さまの愛撫を受け入れた。

ただ、その行為への期待はそれほどなかった。初穂を摘まれたときの呆気ない記憶が脳裏にこびりついていたからだ。

しかし、初穂を摘まれたときとはちがって殿さまの愛撫は気が遠くなるほど長く、丹念で、たとえようもないほど優しげだった。

裾を割って侵入してきた手が美津の太腿を愛おしげに愛撫しつつ、丹念に秘所をなぞりはじめたとき、ふいに美津は甘美な戦慄をおぼえて、思わず声をあげた。

ようやく美津にも女体の官能が芽吹いてきたのである。

いつの間にか美津は、われを忘れて殿さまにすがりついていった。

——あのときのことは今でも忘れられない。

お美津はもとめられるまま、殿さまの愛撫を何度か受け入れた。

いずれも御方さまの目の届かないときだったが、だれかが感づいていたらしく、御方さまの耳にはいったのだろう。

四

一昨日の夜、ふいに御方さまから呼びつけられ、家士にひきたてられ、土蔵に監禁された。

帯も、着衣も剝ぎとられ、柱に縛りつけられたまま、折檻の責め問いにあった。

殿さまは別邸で療養中だから、このことは知らないはずだ。

また、たとえ知ったとしても、あの癇性の強い御方さまの怒りをとめることはだれにもできないだろう。

――もういい……。

もしかしたら、殿さまの側室になれるかも知れないというひそかな願望はあったが、いまは、それも泡のように消えてしまった。

ここから無事に出られることは、まず、ないだろう。

美津は観念しきっていた。

――そのときである。

深閑とした静寂のなかで、ふいに金具が軋む音がして、美津は怯えたように顔をのろのろとあげた。

音は扉のほうから聞こえてくる。

美津は息をつめて、不安におののく双眸で戸口のほうを見つめた。

カチャリというかすかな音がしたかと思うと、扉がすべるようにあいて、するりと人影が蔵のなかに忍びこんできた。

「…………」

美津は両足を急いで揃えると、ぎゅっと膝頭をつぼめ、息を殺して深夜の侵入者に目を凝らした。

「美津どの……おれだ。村井晋平だ」

侵入者は暗闇のなかを探るように声をひそめてささやきかけた。

「う、うっ……」

猿轡を噛まされていた美津は懸命にもがきながら、もどかしげに呻いた。

黒い人影はその呻き声を頼りに、身軽にするすると近づいてきた。

村井晋平は屋敷に奉公している家士のひとりだった。

顔も、名前も知っているが、声をかけられたことは一度しかない。

それも、殿さまから用を言いつけられて伝えにいったときだけだ。

――その村井晋平さまが、なぜ、なんのために、ここに……。

美津は惑乱した。

だが、村井晋平の声には悪意や、殺意といったものはすこしも感じられなかった。

それどころかささやきかけてくる声には、心底から美津のことを案じてくれている思いが伝わってくる。

村井晋平は戸口からさしこむ星明かりを頼りに美津に近づいてくると、しっかりと美津の躰を抱え、脇差しを抜いて梁に吊りさげられていた縄をザクリと切り放った。

晋平は美津の躰を抱きかかえると、口に噛まされていた猿轡をはずし、抱きしめた。

「村井さま……」

美津はかすかに声をあげ、ひしとすがりついていった。

「静かに……」

晋平は美津の口に指をおしあて、両腕で美津を抱きしめると励ますようにささやいた。

「酷い目にあったな。もう心配はいらぬぞ。さ、男物だが、これに着替えるがいい」

風呂敷包みを美津の胸に押しつけた。

「え……」

「はなしはあとでいい。江戸川橋の下に猪牙舟をつないでおいた。わしは奉公にあがる前に船頭をしていたことがあるから櫓も漕げるし棹も使える。猪牙舟で夜の明けぬうちに江戸を出よう。さ、早く！」

せかされて、美津はわけもわからぬままうなずいた。

「は、はい……」

この先、どうなろうと、ここにいるよりはましだと思った。

美津はしゃがみこんで風呂敷包みをひらくと、男物の綿服と博多帯をとりだし、背を向けたままで濡れた肌着と二布を脱ぎ捨て、大急ぎで着替え、殿さまからいただいた鼈甲の櫛で崩れた髷をととのえた。

御方さまが、よく、この櫛に目をつけられなかったものだとホッとした。

着物の下に入っていた藁草履を履くと、長すぎる裾丈を腰の上にたくしあげて、帯でおさえた。

「よし、それでいい。夜道だから人目にはつくまい」

晋平は美津の右手をつかみしめ、土蔵の戸口に向かった。

晋平は腰に大小を差し、背中には旅支度らしい風呂敷包みを斜にかけ、瓢箪まで帯に吊るしている。あらかじめ覚悟のうえの出奔だと、美津にもわかった。

晋平は戸口からあたりを見渡しながら手早くささやいた。

「裏木戸の桟ははずしておいた。いいか、おれから離れるな」

「は、はい……」

男の手を握りしめかえし、美津はきっぱりとうなずいた。

「よし、いこう」

晋平は美津の手をつかんだまま月明かりを避けながら土蔵の壁づたいに走りだした。

めったに屋敷内を歩いたことがない美津には、どこをどっちに向かって走っているのかもわからなかった。

鷲づかみに手首を握りしめてくれている晋平の腕だけが命綱だった。

素足にまつわりついてくる着物の裾を左手でたくしあげ、美津は懸命に晋平についていて走りつづけた。

ほのかな月明かりのなかを二つの影法師がもつれあうように駆け抜けていった。

五

裏木戸から外に出ると、深夜の通りには人影ひとつ見あたらなかった。

途中で野良犬が一匹、牙をむいて吠えかかってきたが、晋平の一蹴りで犬は土塀にたたきつけられ、悲鳴をあげて逃げてしまった。

晋平はこのあたりの道を熟知しているとみえ、迷うことなく路地から路地を巧みに駆け抜けていった。

美津はどこをどう通ったかわからないまま、ただ夢中で走りつづけた。

子供のころから野良仕事を手伝ってきたから足腰だけは丈夫だった。

ただ、なぜ、こんなことになったのか、美津にはわからなかった。

わかっていることは、ただひとつ、家士の村井晋平が自分を命がけで助けようとしてくれていることだけだった。

いまは、自分が握りしめている村井晋平の太く頑丈な手だけが頼りだった。

どれほど走ったか、息が切れそうになってきたころ、町はずれの一角にちいさな森があり、朽ちかけた地蔵堂があった。

「よし、ここですこし休もう」

晋平にうながされて、美津はホッと安堵の息をついた。

上総の田舎にいたころは男の子に負けないくらい足には自信があったが、江戸に出て屋敷奉公をするようになってからは、こんなに走ったことはなかった。

美津の心ノ臓は、いまにも破れそうに早鐘を打っていた。

無我夢中で晋平に手をとられたまま、地蔵堂の床下にもぐりこんだ。

暗く、黴臭い床下を蜘蛛の巣を手ではらいのけながら、美津は這うようにして晋平のあとについていった。

さいわい地蔵堂の床下は高く造られていて、奥のほうの地面は乾いていた。

晋平は腰を落とし、四方をうかがっていたが、やがて美津をふりかえり、白い歯を見せてうなずいた。

「よし、ここまでくれば大丈夫だろう。土蔵の扉も裏の木戸もしめておいたから、夜が明けるまでは、われわれがいなくなったことにはだれも気づかないはずだ」

晋平は腰に吊るしていた瓢箪をはずし、栓をぬいて美津に手渡してくれた。

「さ、水だ。飲むといい」

「え、ええ」

美津は息を切らしながら瓢箪を受け取ると、喉をおおきくそらせてむさぼるように水を飲んだ。水がこんなにおいしいと思ったことはなかった。

人心地がつくと乱れていた裾に気づいて急いでかきあわせ、崩れかけていた髷に刺してあった櫛で髪を梳(す)いてととのえた。

「美津どの……」

ふいに晋平の声が切迫し、二の腕をつかまれ、引き寄せられた。

美津は目をとじながら、晋平の汗ばんで蒸れている厚い胸板に頬をすりよせた。

抱きあげられ、晋平の太腿に臀をあずけるような格好になっていた。

晋平が美津の腕をつかみ、恐ろしい力で抱きしめてきた。黒々とした晋平の双眸が美津の顔をのぞきこんだ。

美津は息をつめて、晋平を見つめた。

晋平はふりしぼるような声音でささやきかけた。

「美津どの。わしは、前々から、そなたを……妻に娶(めと)るなら、そなたしかいないとこころにきめていたのだ」

美津は頭に霞(かすみ)がかかったようになり、ぐたりと躰を晋平の胸にあずけて目をとじた。

藪蚊がうるさくまつわりついてくるのも気にならなくなってきた。

――わたしを、妻に……。

それは生まれてはじめて耳にした甘美な妻問いの言葉だった。妻問いは男の求婚の言葉で、求愛よりもつきつめた男の思いがこめられている。

奉公にあがる前、水車小屋のなかで、あわただしくお美津を抱いた男も、妻という言葉は口にしなかった。したところでむなしいことだとわかっていたからだろう。

晋平の妻問いの言葉は、美津が生まれてはじめて耳にした甘美なささやきだった。

しかも、その妻問いに微塵の偽りもないことはたしかだった。

あの恐ろしい御方さまの緊縛から美津を救いだすことは、晋平にとっても命がけのことにちがいなかったからだ。

晋平と口をきいたのは殿さまの用を伝えにいったときの、寸時のことにすぎない。

それからはときおり屋敷で顔をあわせるだけで、親しく口をきいたことは、これまで一度もなかった。

ただ、ふと目と目があったとき、なにやらものいいたげな眼差しを向けてくることに気づいてはいた。

ときには遠くから、かすかに笑みかけてきたこともあるが、それは窮屈な屋敷暮らしのなかで、顔を見知っている者への親愛の眼差しだと受け取っていた。

それだけの淡いかかわりだった。

しかし、いまは、その男の腕にこうして抱かれている。

晋平の手が八ツ口からおずおずと忍びこみ、乳房を探ってきた。

御方さまから何度も打擲を受けた乳房がずきんと疼いた。その疼きが痛みではなく、いつの間にか、甘く快いものに変わっていった。土蔵に監禁されていたときの怯えは、跡形もなく消え去っていた。

美津は横抱きにされるまま、全身のちからを抜いて晋平のたくましい胸にすがりついていった。

――わたしを抱いた男は、これで三人目……。

この男でおわりにしたいと思った。

六

「よいか！　夜の明けぬ前にふたりを捕らえるのじゃ」

お簾の方は白い寝衣のうえから打掛けをかけただけの姿で玄関の式台のうえに立って叱咤（しった）した。

玄関前には三十人あまりの侍が手に手に家紋いりの提灯（ちょうちん）を掲げて立て膝をついていた。

式台には灯りをともした手燭をもった女中が控えている。

お簾の方のかたわらには家老の松並主膳（まつなみしゅぜん）の姿もあった。

主膳は今年三十七歳になる。

六年前、用人から家老に抜擢（ばってき）され、屋敷の裁量を任されている。

ちかごろ売り出し中の上方歌舞伎（かみがたかぶき）の人気役者、沢村宗十郎（さわむらそうじゅうろう）に似ていると女中たちに噂（うわさ）されるほど秀麗な面差しをしているが、男女あわせて百人を越す大所帯を束ね、こゆるぎもさせない才幹の持ち主でもあった。

五尺七寸（約百七十三センチ）のすらりとした長身で、贅肉（ぜいにく）のない筋肉質の躰をしている。

松並主膳は侍たちを見渡すと、落ち着いた表情でてきぱきと指図した。

「晋平はともかく、美津はおなごじゃ。そう遠くまでは逃げられまいし、町の要所要所には木戸もある。目立たぬよう路地、路地を拾って川に出ようとするはずだ」

白足袋のまま式台をおりた松並主膳は前列に控えている侍に声をかけた。

「敬四郎は手練れをひきいて近くの川筋を探せ。江戸川べりを隈なく洗え」

「はっ」

「ことに江戸川橋、関口橋あたりには小舟を舫う杭がある。舫ってある猪牙舟や川舟をくまなく洗ってみろ。船底にひそんでおるやも知れぬぞ。ぬかるな！」

「かしこまりました」

「木戸番や見回りの小役人などは取るに足らぬが、町方の同心が咎め立てすれば逃げた不義者を探しておると申せばよい。晋平めが手向かいすれば斬り捨てよ。ただし美津は手取りにし、御方さまのもとに引っ立てろ。わかったな！」

「ははっ」

「よし、行けっ」

松並主膳が手をふるのを見て、侍たちは数人ずつに分かれて脇門から表通りに駆けだしていった。

それを見送って主膳はお簾の方にゆっくりと向きなおった。

「ご案じなされますな。この夜更け、とてものことに江戸の外には出られますまい。一刻（二時間）とたたぬうちに捕らえられましょう」

ふわりとなだめるような目を向けた。

「さ、あとはわれらにお任せなされて、寝所におもどりなさるがよろしかろう」

「うむ。やはり頼りになるのはそちだけじゃな」

お簾の方はこころなしか甘えるような口調で素直にうなずいた。

「しばし奥にまいって酒の相手をしてたも。このままでは寝つかれぬ」

「かしこまりました」

松並主膳は口の端に苦笑を刻んで式台の上にあがった。

お簾の方は老女や女中たちを従えて奥の方に足を運んだ。

それを見送った松並主膳の双眸に冷ややかな光がにじみ、口をゆがめて吐き捨てた。

「まったく手のやける御方よ」

七

翌日の早朝、明け六つ（午前六時）ごろ、江戸川橋の近くの河原で、ひとりの侍が斬殺屍体になって発見された。

屍体を見つけたのは、近くの桜木町に住む豆腐屋だった。

豆腐屋の朝は格別に早い。

夜中に起きだして仕込みをはじめ、明け六つの鐘が鳴るころには天秤棒をかついで振り売りに出かける。

商いの前に江戸川橋の上から日の出を拝んで商売繁盛を願うことにしていた。

今朝も富士山に朝日がさすのを眺めてからご来光を拝み、いつものように橋の上から小便をはねて店にもどろうとしたとき、川岸の葦の茂みのあいだに鈍色に光る抜き身の刀身が見えた。

しかも、よく見るとすぐそばに突っ伏している侍髷の頭も見える。

――屍体だ！

それも、ただの屍体ではなかった。

斬り合ったあげくに殺された屍体にちがいないと思った。

豆腐屋はすぐさま番所に届けようかと思案したが、その前に確かめておこうと思った。もし、見まちがいだったら番所の小役人にどやしつけられるだろう。

豆腐屋は橋を渡り、河原におりておそるおそる近づいてみた。

侍はうつぶせになっていて、肩口からバッサリ斬られたらしく、黒い着衣が鮮血にべっとり染まっていた。

「こ、殺しだ！」

豆腐屋は足ががくがく震えた。

「だ、だれか……」

豆腐屋は江戸川橋に向かって走りながら怒鳴ったつもりだが、声がひきつって喉の奥でくぐもった。

番所の小役人はすぐさま、今月が月番の北町奉行所に届けた。

すぐさま定町廻り同心の斧田晋吾（おのだしんご）が配下の本所（ほんじょ）の常吉（つねきち）をしたがえて現場に駆けつけた。

斧田晋吾は北町奉行所の定町廻り同心のなかでも探索にかけては右に出るものはないといわれている腕っこきの同心だった。

常吉は斧田の耳目になって探索に働く、いわゆる岡っ引きである。

斧田からときおりもらう探索用の手当だけではとても下っ引きを自在に働かせるわけにはいかない。

だから、常吉は女房のおえいに松井町（まついちょう）で「すみだ川」という料理茶屋をやらせているが、おえいは水商売あがりだけに客あしらいがうまく、店が繁盛しているおかげで探索に使う費用もひねりだしてくれている。

それになによりも常吉は探索や捕り物が根っから好きな性分だったから、斧田から手札をもらい、一尺五寸（約四十五センチ）の鉄の十手（じって）を角帯に手挟（たばさ）み、股引（ももひき）に突っかけ草履で猟犬のように江戸市中を嗅（か）ぎまわっている。

八

「ふうむ……」

斧田晋吾は江戸川橋下の川岸に突っ伏している屍体をじっくり検分してから腰をあげると口をひん曲げ、朱房（しゅぶさ）の十手で首の根っこをたたきながら気むずかしい顔になった。

「気にいらんな……」

　ぼそりとつぶやいて舐めるような目つきでまわりを見回した。

　屍体は川岸に突っ伏すような形で倒れている。

　左の肩に風呂敷包みを斜にかけ、腰には瓢簞まで吊るしていた。

　しかし、その風呂敷包みは一刀に両断され、なかに入っていたらしい着替えや薬包などは河原に散乱していた。

　右肩から斜に斬りおろされた一撃が致命傷だということは一目でわかったが、そのほかにも手首や腕、脇腹にまで刀傷を受けていた。くの字に折り曲げた右手にはしっかりと刀が握りしめられている。

　必死で何者かと斬り合ったらしいことは歴然としていた。

　足に草履ではなく、草鞋を履いているところや、脚絆をしているところをみると、旅に出るつもりだったようだ。

　河原には葦が生い茂っていたが、屍体のまわりは踏み荒らされて、何人もの足袋の足跡が残っていた。

　湿った土のうえに残された足跡のなかには屍体のものらしい草鞋の跡もあったが、ほかの足跡は足袋跣足と草履だった。

草履の足跡はひとつだけだったところから、襲撃者のなかの一人のものだろうと推測された。

ただひとつわからないのは、残された足跡のなかに女のものらしい足形がまじっていることだった。

足形は裸足で、おおきさはおよそ九文三分か、五分（二十三、四センチ）見当だろうと斧田はみた。

河原のとっかかりに脱ぎ捨てられた男物の藁草履が一足、片足ずつ二間ほど離れて見つかっている。

「こいつは脱いだんじゃなくて、追われて逃げるときに脱げたもんだろうな」

その藁草履のひとつを手にして斧田がぼそりとつぶやいた。

「へい。こっちに裸足の足跡がありやすが、まず女の足でしょうね」

斧田について歩きながら本所の常吉もうなずいた。

女の足跡は川岸までついていたが、そこでプツンと途切れていた。

「屍体がねぇってことは川に飛び込んだか、泳いで逃げたか、それとも追っ手につかまって担いで連れ去られたか……」

「もうひとつありますぜ、旦那（だんな）」

「舟で逃げたか、といいてぇんだろう」

「へえ……」

「足形をみろい。どうみても華奢な女の足形だぜ」

斧田は口をひん曲げた。気にいらないときに見せる癖である。

「棹や櫓を漕げるような足にゃ見えねぇぜ」

「けど、旦那。ここに舫い杭がありやすぜ。前もって猪牙舟がつないであったとしてもおかしかありやせんよ」

「ふうむ……」

斧田は気にいらないらしく、むつかしい顔を常吉にふりむけた。

「だとすりゃ、どうしたって屍体は駆け落ち者の片割れってことになるが、この華奢な足の女が片割れの男を見捨てて猪牙舟で逃げたとでもいうのか。ええ」

「い、いや、そこんところは……」

「それに、この櫛を見ろい……」

斧田はさっき川岸の土手で見つけて懐紙（かいし）にくるんで懐（ふところ）にいれてあった櫛を見せた。

「な、こいつぁ鼈甲の上物（じょうもの）だぜ。おまけに金銀の象眼つきときてやがる。一分や二分じゃ逆立ちしても買えねぇ代物だぜ」

斧田は口をひん曲げて苦笑した。

鼈甲は遠い南の海に棲む海亀の背中の甲羅のことで、削ると黒と黄色の斑紋が透けて見える。

南蛮渡りの輸入品だけに値も高く、上物になると目玉が飛び出るほどの高値になる高級品である。

「うちのやつなんぞにみせたら、涎どころか鼻水たらして飛びついてくるだろうよ」

「へ、へぇ。……ま、買うとなりゃ小判の二枚や三枚は黙ってとられやしょうね」

「そんな女が藁草履で逃げてきたとなりゃ、どうしても屋敷者、それも大身旗本か大名の妾か、内女中ってことになるな」

「けど、旦那。屍体の男の身なりはどこからおしても下っ端の家士ですぜ」

「ううむ。ま、男と女の仲は身分たぁ別物だからな。どんな組み合わせができても不思議はねぇが……どっちにしろ、厄介な一件になりそうだな」

斧田晋吾は太い溜息をもらし、ゆったりと流れくだる江戸川の下流に目を向けた。

「まずは二人の身元洗いと、女の行方を探すことだ」

「わかりやした」

「ここいら一帯は武家屋敷がひしめきあってやがる。聞き込みにゃ、くれぐれも気ぃつけてかかれ」

　懐から巾着をつかみだし、ぽんと常吉に投げた。

「いいんですかい、旦那」

「なに、いくらもはいっちゃいねぇよ。足が出たら、女房からひねりだせ」

「わかってまさぁ」

「くれぐれも費えは惜しむなよ。屋敷の小者か中間、下っ端の女中や出入りの小商人にあたってみることだ」

　渋い目つきになって、顎をしゃくった。

「まかしといておくんなさい」

　常吉は裾っからげすると、下っ引きをひきつれて威勢よく駆けだしていった。

　それには目もくれず、斧田はしゃがみこんで草むらを十手でかきわけながら入り乱れている足跡を入念に追いつづけた。

この江戸川橋を渡った北側の突き当たりには護国寺の広大な寺域があり、橋からまっすぐにのびている道の左右の音羽町の裏手には大名や旗本・直参の屋敷がひしめきあっている。

町方役人の探索には骨が折れる界隈でもあった。

「ちっ、常吉も苦労するだろうよ」

斧田はうんざり顔になって十手で肩をポンとたたくと、袴の裾をたくしあげ、ながながと小便を跳ねた。

第四章　浮世のしがらみ

一

その日、平蔵のところにはめずらしく午後からも患者の足は絶えなかった。

まず、足を釘で踏み抜いたという大工と、団子坂で転んで足をくじいたという女がたてつづけにやってきた。

二人の治療をすませ、一息ついたところで、平蔵は縁側にあぐらをかいて、さきほど飛脚が届けてきた巻紙の文(ふみ)に目を走らせていた。

文は九十九の波津からのものだった。

文面はうじうじしたところは微塵(みじん)もなく、きわめて率直なものだった。

――官兵衛の症状は小康を得ているものの、口をきくのもままならず病臥(びょうが)しているため、九十九郷の命綱である紙、木蠟(もくろう)、漆(うるし)の一手販売をまかされている本家の業務の一切が波津にゆだねられている。

さいわい内弟子の奥村寅太がもどってきてくれて父の看病をはじめ、帳簿や紙、木蠟、漆の販売を手伝ってくれているので助かっているなどとしたためたあと、

——まことに勝手ながら私儀、もはや江戸にもどることは到底叶わぬ仕儀と相成り申し候。かくなる上は何卒御賢察の上、去り状を戴く他はこれなく候と存じ候間、御配慮くだされたく願い上げ申し候……。

まるで男のような筆太の達筆で、かつ、簡にして要を得た率直な文であった。

——ふうむ……。

読みおえて、あいつらしい文だと平蔵は苦笑した。

昨年、九十九の里を訪れたときの波津の応対や、分家の長老である曲太佐衛門の気配からも、あらましの察しはついていた。

ただ、そのときは官兵衛の容態も、まだ、はっきりしないところがあったから、あからさまに口にしなかっただけのことだ。

しかし、平蔵を丁重にもてなしてはくれたものの、寝所に波津が訪れてくることは一度もなかった。

——そうか、そういえば、道場は閉ざされているにもかかわらず、寅太がかつ

ての内弟子時代のように泊まり込みで、まめまめしく官兵衛どのの介抱をしたり、波津や用人の小日向惣助(こひなたそうすけ)とともに顔つきあわせて、帳簿に目を通したりしておったな……。

　奥村寅太は内弟子のなかでも気さくな性格で、剣の腕はそこそこだが父が勘定奉行ということもあり、算用に明るい若者だった。

　それに波津にひそかに思慕を寄せていたらしく、平蔵が波津とわりない仲になってからは妙に口が重くなり、どことなく平蔵と距離をおくようになっていた。

――おれも、鈍い男よ……。

　波津がさりげなく寅太のことを文に記しているのは、暗にそのことを示唆(しさ)しようとしているのだろう。

――たしか寅太は奥村家の三男だったな。

　奥村家は岳崗藩でも屈指の家柄である。

　部屋住みの身軽な身でもあり、年頃も波津とはちょうどいい。

――あいつなら波津の臀(しり)に敷かれても、うまく折り合っていけるだろう。

　まさに、灯台もと暗しというやつだ。

　苦笑しながら巻紙を巻きもどしていると、お篠が台所からお茶と団子を盆にのせてやってきた。

「波津さまも大変ですわね。お父上のお世話に家の中のこともいろいろおありでしょうし、それに平蔵さまのことも気がかりでしょうから……」

「なに、おやじどのの世話と九十九紙の手配に追われて、めそついている暇などありはしないだろう。あいつは日がな一日きりきり動いているのが性にあっている女だからな」

「でも、お父上のご病状はいかがなのでしょう。すこしはご快方にむいておられるのでしょうか……」

「うむ。ま、変わりないとあるゆえ、よくもなし、悪くもなしということだろう」

巻紙をもどしおわり、平蔵は苦笑した。

「ま、読んでみるがよい」

「え……」

「なに、かまわぬさ。そなたの今後にもかかわりのあることゆえな」

巻紙の文をお篠に手渡すと、下駄（げた）をつっかけて裏庭におりたった。

植え込みの陰に植えられた木犀草（もくせいそう）の白い花が芳香をただよわせている。

銀木犀の花も甘い芳香を放つが、木犀草の淡い芳香のほうが好ましい。

背後で文を読みおえたお篠が巻紙を巻き戻している気配がした。

ふりかえると、お篠が巻紙を手にしたまま問いかけるような眼差しを向けてきた。

「あらましのことは、わかったであろう」

「はい……でも」

「ふふふ、あからさまには書いてはおらぬが、波津が九十九にいるのが曲家にとっても一族にとっても望ましいということだろうよ」

「平蔵さまはそれでよろしいのですか」

「いいも悪いもない。もともと夫婦はくっつきもの、はなれもののみたいなものだからな」

平蔵はう〜ンとひとつ背伸びをした。

「これで、なにやら肩の重しがとれたような気がする。ふふふ、ようやっと一年越しの借金を払いおえたような気分だよ」

「ま……」

「人というのは厄介なものだよ。理屈や情だけでは割り切れぬ浮世の義理や、いろんなしがらみを背負って生きておるからな」

「しがらみですか……」

「ああ、ことに武家では家柄とか血筋というしがらみは死ぬまでついてまわる面倒なものだ。……おれがような野放図な男でも、兄者には生涯、頭があがらないのもそれが血肉にこびりついておるからだろうよ」

平蔵は苦笑いした。

「官兵衛どのが元気になられる望みはまずあるまい。そうなると本家の跡目を継ぐのは一粒種（ひとつぶだね）の波津しかおらぬ。……いま、すぐというわけにもいくまいが、いずれは婿（むこ）をとって一族を束ねていかねばならんだろう」

お篠はおどろいたように目を瞠（みは）った。

「波津さまが、婿を……」

「去り状が欲しいというのはそのためよ。おおかた婿はその文にある奥村寅太という男だろう。……たしか寅太は二十五、六、波津と娶（めあ）わせるにはころあいの年頃だし、おまけに父親は藩の重役で、血筋、家柄とも申し分ないうえ、三男坊だからの。曲家の婿にもらうにはもってこいの男だよ」

「でも、それは平蔵さまの当て推量でございましょう……」

「ふふふ、なんなら賭けてもよいぞ」

「え?……」

「そうさな。おれが負けたら、そなたのいうことはなんでも聞こう」

「なんでも……」

「おう、そなたの背中を流せといえば毎日でもせっせと流してやるし、腰巻きを洗えといえばハイハイと洗ってやる」

「もう!」

お篠は赤くなって吹き出すと、目を笑わせながら睨(にら)みつけた。

「なんてことおっしゃるんですか」

「ははは、これはちとずるいの」

「そうですよ。せめて畑仕事を嫌がらずに手伝ってくださるとか、おいしいものをご馳走してくださるとか……」

「おお、それにしよう。両国広小路の味楽(みらく)でたらふく馳走してやろう」

平蔵、にやりとした。

「で、おれが勝ったらなにをくれる」

「さぁ……」

お篠は小首をかしげた。

「なにをしてさしあげればよろしいのでしょう……」

「なんでもよいのだな」

「え？　ええ。わたしにできることでしたら、なんでも……」

「よし！　きめた」

平蔵、パンと手をたたいた。

「そなたが欲しい」

「え……」

お篠が息をつめ、まじまじと見返した。

「よいな。賭けたからには四の五のなしだぞ。わしが勝ったら、そなたはまるごとわしのものになる。わかったな」

「平蔵さま……」

お篠は息をつめて、目をしばたたいた。

平蔵は瞬きもせず、見つめていたが、やがて相好をくずし、つるりと顔を撫でた。

「ふふふ、いや、いまのは冗談だ、冗談……気にするな」

「もう……存じませぬ」

お篠はめずらしく、咎めるような目つきで睨んだ。

「ほんとに、平蔵さまは……」

「いや、すまん、すまん」

照れ隠しに遠くに目を遊ばせた。

「ま、おれが離縁したからといっても、すぐに婿取りとはいくまいが、なにせ、曲の本家は権現さまからお墨付きの永代郷士という由緒ある家柄だからな。どうあっても跡目を絶やすわけにはいかんだろうよ」

お篠はなにかいいかけたが、かすかにうなずいた。

小禄とはいえ、お篠も武家の出だけに、古い家系をもつ武家が、なによりも跡継ぎを重視することがわかっているからだろう。

「実はの。どうやら官兵衛どのは波津とおれのことをみとめたとき、波津が子を二人産めば、その一人を養子にもらって曲家の跡取りにするつもりだったようだ」

「ま……」

「おれは武家の出とはいっても跡継ぎがどうこうということもない貧乏医者だからな。まず否応はあるまいと踏んだのであろうよ」

二

昨年の晩秋、官兵衛の見舞いに九十九を訪れた平蔵に、そのことを告げたのは太佐衛門だった。

おそらく官兵衛も、太佐衛門も、平蔵と波津の年からみて、二人や三人の子は産まれると踏んでいたのだろう。

「官兵衛どのの勝手な胸算用といってしまえばそれまでだが、そもそもは一族の本家の大事な一粒種の娘に手をだしてしもうた、おれが悪いというしかあるまい」

「…………」

「どうも、おれという男は若いころから後先の見境なしにおなごに手をだしてしまう悪い癖があるからな」

平蔵、ぴしゃりと頬をたたいた。

「こころせずばなるまいて……」

そのいいようがおかしかったのだろう。

お篠は口元を袂でおさえ、忍び笑いした。

「でも、あまり、あてになりそうもありませんけれども……」

「おい、いくら見境なしといっても、やたらとおなごの臀をさわりたがる伝八郎といっしょにはせんでくれよ」

平蔵はいそいで訂正した。

「おれはこれぞと狙いをさだめたら一本槍に突っ走る口だが、あいつは下手な鉄砲も数打ちゃあたるの口だからなぁ」

「さぁ、どうでしょうかしら……」

お篠はからかうように軽く小首をかしげてみせた。

「どちらも、あまり、ご自慢なさるようなことではないと思いますけれど……」

「おいおい、それはなかろう」

平蔵、苦笑いして顔をつるりと撫でた。

「ま、ときたま槍先が狂うこともママあるからの。あまり、おおきな顔はできぬが」

「そうですよ。陰でずいぶん泣いていらっしゃる方もおありでしょうし」

「いや、そんなことは、まず、なかろう」

平蔵はウンとおおきくうなずいた。

「ひとりは縫(ぬい)というおなごだったが、磐根藩(いわねはん)の若君の育ての親として大事にされておるし、もうひとりの文乃(あやの)というおなごのほうは生家の跡を継いで、磐根藩から化粧料として百石の禄をあたえられ、よい婿をもらったらしいぞ」

「あら、たったのおふたりだけですの」

疑わしげに小首をかしげた。

「ン？　おお、そうよ」

平蔵、ちとためらいながらも、おおきく胸を張ってみせた。

なに、ほかにも井筒屋(いづつや)の後家や、女忍のおもんなども女遍歴のうちにはいるが、この二人は肌さみしさに向こうから夜這(よば)いしてきた口だから、あえて頭数にいれることもないだろうと、だんまりをきめこむことにした。

「どうですかしら……」

お篠はあまり信じていないような目をしている。

「ま、ちょこちょこ道草を食ったことはあるがな。嫁にしてもよいと思ったのはその二人しかおらぬぞ」

「でも、お二人とも磐根藩にかかわりのあるおひとばかりですのね」

「うむ、ま、なにせ、おれも磐根にいたことがあるゆえ、なにかと、それ、しがらみというやつができる」

平蔵、つるりと顎(あご)を撫でて苦笑した。

「しがらみ……」

お篠がポツリとつぶやいて、かすかにうなずいた。

「でも、その、おふたりとも去られるときは、さぞ、おつらかったでしょうに……」

「いや、おれといるよりは、ずんとましだったと思うがな」

「そうでしょうか。おなごの幸せは暮らし向きだけではないと思いますが」

「そうかな……」

「ええ、そうですとも……」

お篠はきっぱりと言い切った。

「いくら暮らし向きが裕福でも、不幸せなおなごはいくらでもおりますもの」

「そうか、そうかも知れぬな。そなたを見ておるとわかるような気もする」

「え……」

「いや、そなたが独り身になって、すでに四年、そなたほどのおなごならとうに再婚していて不思議はないが、いまだに独り身でいるのは亡くなった亭主のことを忘れかねているのではないかな」

「ま……」

お篠は虚をつかれたように一瞬、まぶしそうに目をしばたいた。

「さ、それはどうですかしら……」

謎めいた笑みをうかべ、口を濁した。

「ま、それは、それとして……」

平蔵はゆっくり膝をまわして、お篠を見つめた。

「いま、そなたには禄高百二十石取りの直参から縁談が持ちこまれていると、宮内どのから聞いたが……」

「はい……」

お篠はきちんと膝をそろえて正座した。

「三日前におうかがいしました」

「なんでも勘定方の役人らしいが、百二十石取りといえば、れきとしたものだ。後添えにということだそうだが、口うるさい姑(しゅうとめ)も、子もおらんらしい。なかなかの良縁だと思うがの……」

お篠は黒々とした双眸(りょうめ)をおおきく瞠って平蔵を見つめかえすと、

「おっしゃるように、わたくしにはもったいないようなお話だと思いましたが、宮内さまには、昨日、お断りをいたしました」

「ン……百二十石では気にいらんか」

「いいえ、たとえお相手が五百石、千石の御旗本でも、武家に嫁(とつ)ぐ気はありませんJ」

「ほう……」

平蔵はまじまじとお篠を見つめた。

「平蔵さまがもうされたではありませんか。武家には情よりも重いしがらみがついてまわると……わたくしは、そのような窮屈なしがらみに縛られたくはありませぬ」

お篠はきっぱりとかぶりをふった。

「わたくしのことならご心配なさらないでくださいまし、おなごの身ひとつぐらい、なんとでもなるものでございますもの」

ためらいもなくそういうと、お篠は雲ひとつなく晴れ渡った青空を見あげて、

「そうそ、いまのうちにお洗濯をすませておきませぬと……」

すっと腰をあげ、いそいそと台所のほうに向かった。

三

――ふうむ。身ひとつぐらい、なんとでもなるか……。

たしかに、そうかも知れぬな……。

縁側に腰をおろし、茶をすすりながら平蔵は井戸端で洗濯にとりかかったお篠を眺めながらうなずいた。

今朝の干し鰯にしても、甲斐性のあるのは女房のほうだった。

浮気した女房の相手にぼこぼこに殴られた亭主にしても、女房に三下り半をつきつけることもできずに泣き寝入りしておさまるにちがいない。

子沢山で音をあげていた左官屋も、女房なしではいられない男だった。

すぐに女の臀をさわりたがる伝八郎にしてからが、三人もの子持ちの育代と所帯をもった今では育代の臀に敷かれっぱなしだ。

兄の忠利にしても大身旗本の殿さま面をして威張ってはいるものの、屋敷を切り盛りしているのは嫂の幾乃のほうである。

とどのつまり、男などという生き物は野山の獣の雄とおなじで、盛りがつくと気が狂ったように女を追いかけまわすだけの代物なのだろう。

獣の雌も気負いたつ雄をじらすだけじらせたあげく、種付けがすんでしまうと雄をおだてて餌を運ばせるためにこき使う。

その餌代を稼ぐのにあくせくしている平蔵としてはえらそうなことはいえない。

お篠は細身ながら、針仕事で長屋の家賃を払い、一人でしゃっきりと暮らしている。

百二十石の旗本といえば伝八郎も目の色変えて飛びつきそうなおいしい縁談だが、武家には嫁ぐ気はないと一蹴する。

ま、禄高百二十石といっても、実入りは年に三十両そこそこで、食うにはなんとか困らないというだけのことだが、その日暮らしの者にとっては涎（よだれ）が出そうなはなしである。

それをさらりと断ったという、お篠の気組みはなんとも爽（さわ）やかだった。

――ともあれ……、

これでお篠は当分、どこへもやらずにすみそうだと、平蔵は内心ひそかに胸を撫でおろした。

お篠は平蔵ならずとも、男ならだれしも意馬心猿の衝動にかられないはずはない、いい女である。

以前は食が細く、顔色も冴えなかったが、いまでは血色も見違えるほどよくなり、肌の色艶もまぶしいほど艶やかになった。

もともと色白の質だが、それに女盛りの脂がみっしりのってきて、ときおりどきりとするほど婀娜っぽい女になった。

蛹が蝶に変身するように、女はおどろくほど変わるものだとつくづく思う。

しかも、平蔵の身のまわりの世話から、患者の応対、治療の手伝いにいたるまで間然するところがない。

これまで平蔵は何人もの女と臥所をともにしてきた。

むろん、波津もそのひとりである。

だが、いずれの女とも長くはつづかなかったこともたしかだ。

だれもが平蔵のもとを離れていった。

波津はみずから去っていったわけではないが、あのまま九十九の里にいたら、よい婿に恵まれて幸せに暮らせたかも知れない。

――どうも、おれは女を不幸せにする男かも知れぬ。

お篠ほどの女なら、いつか、よい縁談にめぐりあって幸せをつかめるだろう。

お篠の幸せを思えば、迂闊(うかつ)なことはいえないし、また、できっこない。

なにせ、平蔵はいまだに頭の蠅(はえ)を追うどころか、口を糊(のり)することで手一杯の貧乏暮らしである。

——だから、困る……。

はやばやと井戸端にしゃがみこんで洗濯をはじめた、お篠の後ろ姿をぼんやり眺めながら、平蔵はどっちつかずのホロ苦い思いを噛みしめた。

そのとき、玄関土間で、だれかが訪(おとな)う声がした。

「神谷どのはご在宅かな」

「ま、今度はお武家さまのようですよ」

お篠が井戸端から腰をあげると、着物の裾をおろして裏口に駆け込んでいった。

四

客はかねてから昵懇(じっこん)の斧田同心だった。

「へええ、団子を食いながら一服かね。医者は太平無事で結構毛だらけだな」

縁側にどっかと座りこんだ斧田は、平蔵が食い残した皿の団子を勝手にパクつきながら、台所に茶をいれに立ったお篠の後ろ姿を目でしゃくってニヤリとした。

「おまけにあんな別嬪と差し向かいとくりゃ、いうことなしだろうて……」

「なにをいうか。これでも朝っぱらから立てつづけに患者に追いまくられ、やっと一息ついていたところだぞ」

「ほうほう、どうやら、あんたの医者稼業もやっと板についてきたってわけか。いや、商売繁盛で結構なこった」

「ちっ、そいつは嫌みか。だいたい医者が繁盛するってことはあんまり結構とはいえんぞ。それにここにくる患者のおおかたはその日暮らしの者がほとんどだからな。下手すりゃ薬代だけでも赤字になりかねん」

「ふふっ、そいつはおれもおんなじよ。忙しけりゃ忙しいほど、世の中泰平じゃねぇってことだからな。げんに、今日も朝っぱらから嫌なもの見せられてな。飯を食う気にもなれねぇ始末さ」

腰の刀をはずすと、板の間にどたんと仰向けになってぼやいた。

「嫌なもの……」

お茶をすすりながら、斧田の冴えない顔に目をやった。

　斧田は北町の同心では腕利きで、めったに愚痴（ぐち）はこぼさない男だ。

「というと、屍体でも検分してきたのか」

「ああ、それも悪党の屍体ならともかく、ありゃ駆け落ち者の片割れだろうな」

「駆け落ち者……」

「ああ、屍体は身なりから見て武家屋敷の家人だろうと踏んだが、片割れの女のほうもおなじ武家屋敷の内女中だったらしい」

　斧田は懐紙（かいし）に包んできた鼈甲（べっこう）の櫛（くし）を平蔵の膝前においた。

「これが屍体の近くに落ちていたのさ。女の裸足（はだし）の足跡も見つかったから、おおかた、その女のものだろうよ」

「裸足……」

「うむ。乱闘の跡もいくつか残っていた。屍体の侍が女をかばって斬り合ったんだろう」

「ほう、この櫛はその女の遺留品というわけだな」

「ああ、それも金銀の象眼（ぞうがん）入りだ。こいつは大奥の女中でも目の色変える代物だぜ」

　おかわりのお茶を運んできたお篠も誘われて、のぞきこんだ。

「まぁ、これは、よほど身分のある御方の持ち物なんですね」

「ところが、その持ち主はなんと素裸足で命からがら逃げてきたあげくに消えちまったらしいから始末に悪い」

斧田がちっちっと舌を鳴らした。

「消えたというと……」

「うむ、男のほうは女を守って健気に斬りあったようだが、相手はよほどの手練れだったらしく、肩口からバッサリ一太刀でお陀仏になったようだ」

斧田の検死には定評がある。おそらく、その判断にまちがいはないだろう。

「場所はどこだね」

「江戸川橋のすぐそばの川っぺりだ」

「江戸川橋というと、音羽通りの突き当たりだな」

「ああ、旗本屋敷や御家人の組長屋がごちゃごちゃひしめきあってるところでな」

町方のおれっちには苦手なところよ」

斧田は口をひん曲げて吐き捨てた。

「屍体を見つけた豆腐屋が番所に駆け込みやがったから、しょうことなしにおれが出張る羽目になっちまったのさ」

「ふうむ。それで屍体が武士となれば、よけい面倒なことになるな」

「本来なら徒目付(かちめつけ)あたりのあつかいになるところだがな。浪人者かも知れんからってんで、町方におっつけられちまった」

「女の足跡というのが手がかりか……」

「それと、この櫛だ」

　掌(てのひら)の鼈甲の櫛を渋い目で見ながら、斧田は猟犬のような眼差しになった。

「岸辺に舟を舫(もや)う杭(くい)が何本かあったから、もしかしたら猪牙舟(ちょきぶね)で女を逃がしたんじゃねぇかと常吉は見てるんだが、こんな上物(じょうもの)の櫛を髷(まげ)に刺してるような武家屋敷の女が猪牙舟の棹(さお)や櫓(ろ)があつかえるとは思えねぇしな」

「そうでもないと思いますけれど……」

　お茶を運んできたお篠が、お盆を手に首をかしげた。

「屋敷奉公の女中のなかには船頭の娘もおりますし、お百姓の娘のなかには猪牙舟の棹ぐらい見よう見まねで使えるものがいてもおかしくはございませぬが」

「ほうほう。なるほど、な……」

　斧田の眼が糸のように細く切れた。

「言われてみりゃ、たしかにそうだ。こいつはおれもうっかりしていたぜ」

「いえ、わたくしの実家の近くにあった旗本屋敷で台所女中をしていた娘が利根(とね)川(がわ)べりの川漁師の娘でしたから……自分も父親に教わって小舟ぐらいなら櫓も漕げるし、棹も使えると自慢しておりましたもの」

「そうか、武家屋敷の女中もたいがいは田舎娘だからな。よし、常吉たちに念入りに川筋の聞き込みをさせてみるか……」

「で、その二人の身元はわかったのか」

「いや、いま常吉にあたらせてるところだが、あのあたりは大名屋敷や旗本屋敷がひしめいてる武家町だから身元を洗うだけでも大仕事になるだろうよ」

精巧な金銀の象眼をほどこした鼈甲の櫛に目を落とし、斧田は太い溜息をついた。

「しかし、その櫛とおなごの足跡だけで駆け落ち者ときめつけるわけにはいかんだろう」

平蔵がぼそりとつぶやいた。

「きめつけちゃいないがね。ただ、いまのところ駆け落ち者とみるのが本筋だろうよ」

斧田は茶をすすりながら、ウンとひとつおおきくうなずいた。

「しめしあわせての駆け落ちか、男が強引に迫ってのものかはわからんが、夜中にふたりで、どこかの武家屋敷から手に手をとって高飛びしようとしていたという見方に、まず、まちがいはない」

「ふうむ。あんたがそういうんなら、まちがいはなかろう」

「男のほうは手甲、脚絆に草鞋履き、風呂敷包みまで背負っておったから、あらかじめ周到に屋敷を出る用意しておったらしいが、おなごのほうは裸足に藁草履というのがどうにも気にいらんのさ」

「なるほど、たしかに裸足というのは妙だな。武家屋敷の女中なら白足袋ぐらい履いていそうなものだ」

「それよ……」

斧田が暗い眼差しになって、口をぐいとひん曲げた。

「思うに斬られた男のほうが昨夜の深夜、おなごをひそかに誘いだして駆け落ちしたところ、屋敷に気づいた者がいて追っ手を差し向けたというところじゃなかろうかな」

「なるほど、それなら辻褄があう」

平蔵は感心した。

「さすがは北町きっての腕っこき同心だけのことはある」

「おだてるな。こいつは、あくまでも憶測にしかすぎんが、いちおう筋立てをつけんことには上にもしめしがつかんだろう」

「いやいや、あたらずといえども遠からずだと思うが……」

平蔵はふっと暗澹たる眼差しになった。

「そうなると、ようやっと逃げ出して、二人がホッと一息ついたところで追っ手に見つかったということになるか……」

「ま、そういうところだろうよ」

茶をすすりながら、斧田は暗い目の色になった。

「しかし、心中者なら覚悟のうえだから、まだしも死んでも本望といえるが……」

斧田はちっちっちっと舌を鳴らした。

「駆け落ち者はこれから二人で生きのびようとしていたところだからな。この世に未練はまだまだあったはずよ」

「うむ……」

「しかも、二人とも武家の屋敷者とくりゃ、日頃は口もうかうかきけなかったはずだ。商家の奉公人なら、ときおりしめしあわせて外で逢い引きもできたろうが、武家屋敷の、しかも内女中と若党となりゃ、外でこっそり忍び逢うなんてことはできっこねぇやな」

「そうか。だとしたら、その二人、最期まで身綺麗なままだったかも知れんな」

「うむ、こいつは泣かせるぜ。どっちが惚れて、駆け落ちに誘ったにしろ、一度も想いを遂げることもなく、追っ手に斬られたとありゃ、こいつは死んでも死にきれなかったにちげえねぇ」

斧田は声を荒らげて吐き捨てた。

「大身旗本のおぼっちゃんだったあんたの前だが、そもそもが、不義はお家の御法度なんてぇ武家のしきたりってやつが気にいらねぇや。独り者の男と独り者の女がくっつきあってどこが悪いんだ。ン？」

斧田は公儀から扶持をもらっている役人だが、下町の隅々まで廻って職人や小商人、長屋の女房たちにも気さくに声をかけているだけに、気質はどちらかというと武家よりも町人のほうに近い。

平蔵も生まれこそ大身旗本の次男だが、町家住まいして何年もたつと、堅苦しい作法に縛られた武家よりも、人情味のある庶民気質のほうがしっくり肌にあうようになった。

「そりゃそうだ。なにせ、世の中には男とおなごしかいないんだからな」

「だろう……」

斧田はちらっとお篠に目を向けた。

「男とおなごは年頃になりゃくっつきあうようにできている。傍(はた)からごちゃごちゃ言ってもはじまらん」

「まぁな……」

「そうよ。だいたい、あんたにしてからが、これまでしんねこの仲になった女は数えきれないだろうが」

「おい。数えきれないはなかろう」

「ふふ、ま、あたらずといえども遠からずじゃねぇのかい」

お篠が袂で口をふさぎ、くすっと笑いながら裏口に逃げ出してしまった。

「ちっ！　あんたも、すこしは考えてものを言え」

「ふふ、なぁに、お篠さんだって生娘(きむすめ)じゃあるめぇし、あんたの昔の女出入りぐれぇで目くじらたてもしねぇやな」

井戸端で洗濯をはじめたお篠に目を走らせ、ニヤリとした。

「それによ。あんたもご新造が里帰りしてドロンしたまま、かれこれ一年近くなろうってんだ。あんな別嬪の色年増をほっとく手はないと思うがね」

「おい、色年増とはなんだ」

「ほう、ムキになるところをみると、どうやらあんた、お篠さんにホの字らしいな」

「なにぃ……」

「へっ、もたもたしてると鳶に油揚げをさらわれることになっちまうぜ」

井戸端にしゃがみこんで洗濯しているお篠を目でしゃくってみせた。

「見なよ。あの臀つき……ありゃ、とびっきりの極上もんにまちげぇねぇ」

斧田はおおきくウンとひとつうなずくと、ひょいと腰をあげた。

「ふふふ、お邪魔虫はそろそろ退散したほうがよさそうだ。あばよ」

羽織の裾をくるっと巻きあげ、さっと腰をあげた。

五

斧田が帰ったあと、ばったり患者の足が途絶えた。

医者という商売は不自由なもので、暇だからといって、こっちから病人や怪我人はおられぬかなと、のこのこ御用聞きに出向くわけにはいかない不便な稼業である。

昨年、懇意になった小川笙船のように年中、患者が順番待ちをしている医者はめったにいない。

——やはり、あの御仁はたいしたものだ。

そんなことを思いながら平蔵が縁側にあぐらをかいて、隣家とのあいだにある竹垣の裾に咲いている淡く白い、ちいさな木犀草の花を眺めていると、お篠が水を張った小盥と剃刀を手にしてやってきた。

「平蔵さま、すこし顎のお髭がのびてまいりましたよ」

「うむ。まだそれほどでもなかろうが」

「なに、おっしゃってるんですか。そんな横着をしていらっしゃるとおなごの患者に嫌われますよ。さ、いまのうちにお顔をあたっておきましょう」

問答無用で平蔵の背後にまわり、小盥の水にひたした手ぬぐいで顔を湿らせると、髭をあたりはじめた。

紅紐で襷がけし、袖をたくしあげたお篠の白い二の腕からほのかに甘い女の肌の匂いが漂う。

このところ孤闉をかこっている平蔵にとっては、いささかまぶしすぎる匂いだ。

そのとき、門前で胴間声の男が訪う声がした。

「神谷さまはおられるかのう」

「ほうら、ぐずぐずなさっているから邪魔がはいったじゃありませんか」

お篠が剃刀をおいて、小走りに玄関に出ていったが、すぐに戻ってきた。

「笹倉さまのお使いだという方がお見えですが……なにやら、仁王さまのような大きなおひとですよ」

「なに、仁王さまみたいな」

一瞬、首をかしげながら腰をうかせたが、すぐにピンときた。

「ああ、そりゃ大嶽のことだ」

笑いながら土間のほうを振り向いて大声で怒鳴った。

「ここだ、ここだ。ここにいるから、裏庭にまわってきてくれ」

「いいんですか」

「ああ、あの男なら気にすることはない。つづけてくれていい」

お篠が顔をあたりはじめると、勝手口から一人の巨漢がのっそりと裏庭に姿を現した。

お篠が仁王さまみたいな大男と言ったのも無理はない。

巨漢は平蔵の剣友でもある笹倉新八が住みついている柳島村の篠山検校の屋敷で抱えの船頭をしている力士あがりの大男だった。

若いころ利根川の川船頭をしていたそうだが、人並みはずれた怪力を見込まれ、東国の大名に抱えられて前頭までいったが、力自慢の藩士と御前相撲を披露したとき、手加減せずに投げとばして相手が首の骨を折って死んでしまったらしい。

それが藩主の不興を買うことになり、阿房払いになった。

しかたなく船宿で雇われ船頭をしていたのを篠山検校が拾ってやったということだ。

篠山検校は屋敷に船着き場をもち、外出用に自前の川舟や猪牙舟も所持しているため、大嶽を用心棒を兼ねた、お抱えの船頭として使っている。

大嶽は身の丈は六尺五寸（約百九十七センチ）、剛力もさることながら、なまじな当節の侍より肝も据わった男でもある。

「よお、よく道に迷わずこれたな。遠慮はいらん。見てのとおり、いま、顔をあたっているところだからしばらく待っていてくれ」

「すみませんね。もうすこしでおわりますから……」

お篠が声をかけると、大嶽はまぶしげに団扇のような手をふってみせた。

「ご新造さん、あっしは待つのは馴れちょりますけん、気ぃ遣わんでくだせぇ」

そういうとのっし、のっしと井戸端に足を運び、釣瓶で水を汲みあげて口をつけるなり、むさぼるように飲みはじめた。

「あら、あのおひとまで、ご新造だなんて……」

お篠が羞じらって頰を染めた。

「なぁに、気にすることはない。あの男にごちゃごちゃよけいなことをいうと、こんがらかるだけだ。なにしろ綺麗なおなごは、みんなご新造ですませる男だからな」

お篠は首をすくめて忍び笑いすると、また顔をあたりはじめた。

髭を剃りおえ、さっぱりしたところで裏庭に突っ立っていた大嶽に声をかけた。

「おい、笹倉さんの用とはなんだね」

うながすと大嶽は腰にさげていた手ぬぐいで顔の汗を拭って、懐に突っ込んでいた一通の書状を団扇のような手でつかみだした。

「神谷さまに、この文を見てもらえということでごんす」

「ほう、笹倉さんから文とはめずらしいこともあるもんだ」

平蔵が文に目を通しているあいだに、お篠が盆にお茶と串団子をのせて出した。

「ご苦労さまですね。さ、どうぞ」

「ごっつぁんです」

大嶽は上がり框に腰をおろし、串団子をパクつきはじめた。

そのあいだに書状を読みおえた平蔵が難しい顔になり、眉を曇らせた。

「よし、すぐに支度するが、そのあいだ待っていてくれ」

そう大嶽に断っておいて、お篠を目でうながし、奥の部屋にはいって診察用の筒袖を脱ぎ捨て、治療箱を手にした。

「笹倉さまに、何か……」

かたわらで着替えを手伝いながら、お篠が気遣わしげに平蔵に問いかけた。

「うむ。どうやら、笹倉さんが厄介な怪我人を抱え込んだらしい。今日は遅くなりそうだから、そなたは帰っていいぞ」

「はい……」

うなずいたものの、平蔵が腰に両刀を手挟むのを見て、お篠は眉を寄せている。

「なに、怪我人の容態次第では今夜は帰れぬかも知れぬというだけで案じることは何もありはせぬ。それに、なにせ、おれには仁王さまがついておるゆえな」

「え、ええ……」

「これも浮世のしがらみというやつさ。こっちはかかわるまいとしていても向こうからおいで、おいでをしてきやがる」

「もう、そんな気楽なことを……」

「なに、まさか検校屋敷にちょっかいをだしてくる阿呆はおらぬよ」

それでも、お篠は気になるらしく、門口に佇(たたず)んだまま、いつまでも見送っていた。

第五章　貝になった女

一

大嶽は猪牙舟を千駄木坂下の橋の近くに舫ってあった。

水田のあいだを流れる用水路をくだり隅田川に出た。あとは川沿いに水戸家下屋敷の角を左に折れ、源森川沿いに水路をたどっていくだけだ。

千駄木から柳島の検校屋敷の舟止めまでは一刻（二時間）とかからなかった。

篠山検校の屋敷は佐竹右京大夫下屋敷の裏手にある。

敷地は約八百坪、白壁の塀をめぐらせた屋敷内にはいくつもの長屋があって、用人がわりの番頭、検校の身のまわりの世話をする女のほかに台所女中、庭の手入れをする下男や外出時の駕籠かきの男、大嶽のような船頭も住まわせている。

篠山検校は流しの按摩から座頭になり、座頭金といわれる公認の金貸しで巨富を蓄えた人物である。

その金を使って京都の公家に賄賂をばらまき、朝廷に大金を献上して検校にのぼりつめたのだと笹倉新八から聞いた。

昔はずいぶん阿漕なこともしたらしいが、いまはその金を惜しげもなく散じ、困窮している人を救っている。

去年の春、紀州藩主の吉宗と尾張藩主の継友が将軍継嗣をめぐって競っていたとき、尾張側に肩入れしていた刺客の一味の秘密を知った夜鷹の口を封じようとして殺害しようとしたことがあった。

運よく平蔵と新八が行き会わせ、大嶽もくわわって夜鷹の命を助けた。

そのとき助けた二人の夜鷹も、検校屋敷に引き取られ女中としてはたらいている。

夜鷹の一人は浪人の妻だった女で朋代といい、武家の出だけに行儀作法もちゃんとしているというので篠山検校が内女中として使ってくれている。

もう一人のおみつという夜鷹には産まれて間もない赤ん坊がいたが、いつの間にか大嶽といい仲になり、いまは女中頭の佳乃のとりもちで夫婦になって屋敷内の長屋で所帯をもつようになっている。

この佳乃も武家の出で、筆も、十露盤も達者らしく検校の信頼も厚い女だが、どうやら笹倉新八とは深い仲らしい。

屋敷にいる男女はそれぞれに、さまざまな過去をもっているが、それを承知のうえで住まわせている篠山検校という人物のふところの深さには感服するほかはない。

公儀にもこれだけの人物がいれば、もうすこし政事もましになるのではないかと思っている。

笹倉新八が「おやじさん」と呼んで慕っているのも当然だった。

大嶽が猪牙舟を棹であやつりながら検校屋敷の裏手にある専用の船着き場につけると、すぐに笹倉新八が通用門から出てきて迎えてくれた。

「いやぁ、神谷さん。ご足労かけてもうしわけござらん」

「なんの、文のようすでは怪我人は刀傷を負った若いおなごだとか」

「ええ。背中の傷は浅手ですが、太腿の傷はもうすこしで骨に達しようかという深手でした。いちおう血止めはしておきましたが、なにせ一言も口をきかぬので、下手に医者を呼ぶのもどうかと思いましてね」

「ほう。口をきかぬというのは意識も定かではないということか」

「いや、目もちゃんと見えるし、傷の手当てをするときもおとなしいし、水や粥(かゆ)をあたえれば飲み食いもする」

「ほう、それでも口をきかんのか」

「なにか事情があるんでしょうな。名前も言わんし、どこで何があったのか尋(たず)ねても、いっさい無言のままで、なにひとつ答えようとはしません」

「なるほど……」

平蔵はかすかにうなずいた。

「おそらく、それは、あんたがいうとおり答えられぬのではなくて、答えるとまずいことになるか、または自分の身が危なくなると恐れているのだろう」

「おれも、そう思いますね」

新八もおおきくうなずいた。

「あの猪牙舟の船底に倒れているところを見つけたんですが……」

専用の船着き場の端に繋留(けいりゅう)してある一艘の猪牙舟を目でしゃくってみせた。

「血は洗い流しておきましたが、何者かに命を狙われたのはたしかですよ」

船着き場には二艘の猪牙舟のほかにも検校が使う屋根船と荷舟が繋留されていた。

「じゃ、まだ役人には……」

「いいや。なにか裏に深い事情があるようですから、下手に表沙汰にすると、また狙われかねません」

笹倉新八はにやりと片目をつむった。

「もしかしたら下手人が役人ということもありますからな」

「ふふ……」

「ふふ、ふ……」

「ま、とにかく、どうぞ」

笹倉新八に案内されるまま、平蔵は治療箱をさげて通用門から屋敷内に足を運んだ。

二

大身旗本の屋敷にも匹敵する検校屋敷の庭は夏の青葉をつけた欅や楓、樫の老樹が生い茂っている。

涼しい川風が抜ける木立のなかの小道をたどりながら、笹倉新八は女を拾ったいきさつを語った。

笹倉新八は釣りが道楽で、大嶽とふたりで夜釣りによく出かける。

今朝も大嶽といっしょに明け六つ（午前六時）ごろ、川舟を漕ぎ出し、昨日の夕方、神田川の川筋に仕掛けておいた鰻の仕掛け針をあげに出かけたらしい。

鰻の仕掛け針は、川縁にある舟の舫い杭に餌の泥鰌を刺した針を石の錘をつけて沈めておいて翌日の朝、引き上げる。

鰻は餌の小魚をもとめて川を遡上し、成長するにつれ、川水と塩水がまざりあうあたりにくだってくる。

産卵場所のよくわからない魚だが、餌の泥鰌を呑みこむと針にかかっても巻きついて太い釣り糸をちぎって逃げてしまう。

釣りあげるのが難しい魚だが、それだけにおもしろい。

昨夜は仕掛けを二十本沈めてあり、何匹かは糸を切って逃げられてしまったそうだが、それでも三匹あげることができた。

そろそろ引きあげようかと思っていたとき、無人の猪牙舟が川上からふらふらとくだってくるのが見えた。

大嶽が巧みに櫓をあやつって近づいてみると、黒っぽい着物をまとった女が船底にうつぶせになっている。

猪牙舟を舟べりに寄せてみると、女の白い足が血まみれになっていた。

しかも、背中がザックリと斬り裂かれ、白く見えていた。

「おどろきましたね。はじめは死んでいるのかと思いましたよ」

だが、声をかけると女は呻き声をもらし、救いをもとめるように顔をもたげて腕をのばしてきた。

これは、ただの怪我人ではない。

そう思った笹倉新八は猪牙舟の舟首に縄をかけ、女を筵で隠して、川舟で引っ張りながら検校屋敷まで曳航してきたのだという。

下手に町医者を呼ぶわけにはいかないと思ったから、とりあえず平蔵が来てくれるまで佳乃と二人で傷の手当てはしておいたということだった。

口はきかないが、なかなか気丈な女で、焼酎で傷口を洗っても呻き声ひとつたてなかったらしい。

「ほう。もしかしたら武家の女か」

平蔵の脳裏に、さっき斧田同心から聞いたばかりの、江戸川橋の河原で発見された斬屍体の侍の一件が掠めた。

——おそらくは、その女……。

斬殺された侍と駆け落ちした片割れではないかと推測した。

だとしても、迂闊に斧田にもらすわけにはいかないだろう。

斧田の配下が嗅ぎまわることで、女の命が危機にさらされる恐れもあるからだ。

「もうひとつ、先にいっておきますが、おなごは刀傷を負っているだけじゃない。胸から太腿にかけて折檻を受けたらしい青痣があるんですよ」

新八が立ち止まって、声をひそめた。

「なに、折檻……」

「ええ。ありゃ、まず竹刀のようなもので叩かれた跡ですね」

「ふうむ……」

下手人の容疑がかけられているわけでもない娘を竹刀で打擲するなど、奉行所の吟味方同心でもめったにやらない仕打ちである。

「おなごを着替えさせた佳乃も息を呑んだほどですよ。ありゃ、まず拷問に近いような打ち身の跡ですよ」

——武家屋敷からの駆け落ち者……。

どうやら斧田の読みは図星のようだった。

――不義は武家の御法度。

もし、屋敷奉公の男女がひそかに通じあっていることがわかれば、容赦なく折檻をくわえる主人もいるだろう。

またぞろ厄介な事件に巻きこまれそうな予感がしてきた。

三

その女は屋敷の奥まった六畳間に寝かされていた。

新八にうながされた平蔵が入ってゆくと、女は双眸をうつろに見開いたまま、瞬きもせずに平蔵を見迎えた。

顔には血の気がなかったが、頰はふくよかで、こぢんまりした鼻とぷくりとした唇が娘らしく、なかなか愛らしい。

とりたてて美人というほどでもないが、だれにでも好かれそうな優しげな顔立ちをしていた。

かたわらに座っていた佳乃が、平蔵を見迎えて目でうなずくと女にささやきかけた。

「この方は神谷平蔵さまといって、とても頼りになるお医者さまですよ」

だが、女の目は平蔵が手にしている刀を見て、怯(おび)えたように目をそむけた。

――そうか……。

刀傷を負っている女が刀を見たくないのは当然のことだ。

「すまぬ。気のつかぬことをした」

平蔵は腰の脇差しをはずし、手にしていた大刀とともに佳乃に預けた。

「わしは医者だが、武家の生まれでな。つい両刀を腰にするのが癖になっているだけのことだ」

しかし、女の警戒心は簡単にはとけそうもなかった。

おずおずと平蔵を見返したものの、すぐに目をそらしてしまった。

「背中の傷は浅手だと聞いたが、腿の傷はどうかな」

佳乃に尋ねてみた。

「はい。血止めはしておきましたが、やはり縫っておいたほうがよいと思います」

「うむ……」

平蔵は怯えたような眼差しを向けている女に声をかけた。

「聞いてのとおりだ。ほうっておけば片足を失うことになりかねんし、命にかかわることにもならんともかぎらんからな。治療させてもらうぞ」

「…………」

女はしばらく平蔵を見つめていたが、観念したらしく、おずおずと躰を左に捻って横向きになった。

どうやら斬られたのは右の太腿のようだ。

平蔵は治療箱をもって女の背後にまわると佳乃に油紙と晒しの布を用意してくれるように頼んだ。

「刀傷だそうだが、傷口が新しいうちは縫っても痛みは感じないものだ。痛みを感じる神経が麻痺しているからな。手当ては早ければ早いほどいい」

「…………」

女は双眸をとじたまま、身じろぎひとつしなかった。

佳乃が油紙と晒しの布をもってくると、平蔵は掻巻を静かにまくった。

女は佳乃が着替えさせたらしい白の肌着に身をつつみ、赤い腰紐をつけていた。

背中の傷跡に巻きつけた白布も、太腿の包帯も真っ赤な血で染まり、肌着にも血が染み出している。

寸分のゆるみもなく盛りあがった豊かな臀のふくらみが肌着の下に透けて見える。

血に染まった太腿が緊張と、恥辱にかすかに震えている。

——無惨な……。

平蔵はこの若い娘に刃を向けた人間に、許し難い怒りが勃然と胸中に湧きあがるのを覚えた。

「では、傷口を診せてもらうぞ」

そう声をかけてから、静かに肌着をめくって太腿に左手をかけ、ゆっくりと持ちあげると佳乃の手を借りて、静かに太腿を浮かしながら、右手で巻きつけられていた包帯を剝ぎとっていった。

傷は臀のふくらみの裾野を斜めに削ぐように走っていた。

長さは約三寸（九センチ）、深さは約一寸余、ふっくらした臀の肉が、あたかも熟れた石榴の実のようにはじけ、薄桃色の傷口から鮮血がじわじわと染み出している。

しかも、新八がいっていたとおり、太腿から臀にかけてあきらかに打擲された打撲の跡が無惨に残っている。

ただ、骨に異常はなさそうだった。

まずは傷口の縫合が先決だろうと思った。

佳乃から焼酎の壺を受け取り、傷口を静かに洗いながら丹念に消毒した。

「う、ううっ……」

痛苦にこらえかねたように女は腰をひいて呻き声をもらした。

そのあいだに佳乃は縫合用の鉤針の目穴に釣り糸を通していた。

お篠とおなじく、佳乃も武家の出だけあって鮮血がにじみだすなまなましい傷口を見ても、顔色ひとつ変えなかった。

そればかりか、絶えず女に励ましの声をかけつづけた。

女もまた気丈に歯を食いしばりながらも、平蔵が縫合しているあいだ、身じろぎもせず痛みに耐えぬいた。

おかげで、思ったよりも処置は手早くおわった。

背中の傷は新八が言っていたとおり、切っ先が掠めただけらしく、長さは三寸ほどあったが、浅手だったから縫合することもなく、膏薬を塗って包帯をするだけですませた。

そのあいだに臀部の打ち身の跡もたしかめてみた。

新八がいっていたとおり、太腿とおなじく竹刀か何かで打擲をくわえた跡が見られる。

佳乃が手当てしたらしく、太腿と同様に鬱血を散らす冷湿布がほどこされていた。

乳房もおそらくおなじように佳乃がしてくれてあるのだろう。

乳房はいうなれば、おんなの命でもある。

たとえ医者とはいえ、男の目にはさらしたくないだろう。

「胸にも湿布はしてくれてあるな」

佳乃に問いかけると、佳乃は黙ったまま目でうなずいた。

「よし、もういいぞ。これで傷が膿むような気遣いはいらんだろう」

そう声をかけてやると、女は緊張が一気にとけたように深い溜息をついて目をとじた。

佳乃が女中に命じて替えの肌着と、二布をもってこさせたので、着替えは佳乃と女中にまかせることにした。

「今夜は熱が出るだろうから、痛み止めの薬と、熱さましの薬をだしておこう。

あとはよく眠ることだ。二、三日もすれば痛みもやわらいでくる」

耳元で声をかけてやると、女は素直にうなずいた。

四

「いやぁ、助かりましたよ」

治療をおえて、平蔵を離れの自室に案内した笹倉新八はホッとしたように破顔した。

「神谷さんの剣の腕前はわかっていましたがね。医者のほうはどうかなと、いや、疑ってたわけじゃありませんが、やはり、ちょいと心配でね」

「なんの、おれもおなじよ。男ならともかく、あれだけの刀傷を負った女の治療をすることはめったにないからな」

平蔵も苦笑いした。

「口をきかんのには往生したが、あの娘、なかなかのものだ。縫合の途中で暴れだされたら、どうしようかと案じていたが、よう辛抱してくれたな」

「まったくですよ。おれがおさえつけなきゃならんようになったら参るなぁと内心、気が気じゃなかったんですよ」

「それにしても酷いことをするやつらだ。あんな若い娘に刃を向けるなど、武士の風上にもおけん。犬畜生にも劣るやつらだな」

「うむ。むろん刀傷も気になるが、おれは打ち身の跡がどうも気にいりませんね」

「ああ、たしかに得物はあんたのいうとおり竹刀だろうとみたが、打擲したのは男じゃないような気がする」

「ほう。というと……」

「ああ、道場稽古でも竹刀でよく打ち身はできるが、あんなものじゃない。竹刀が小手にはいると骨が折れることもあるからな」

「おれも、初手のころはよくやられたもんですよ。うまいひとは寸止めでぴたりと止めてくれましたがね」

「だいたい、奉行所の吟味でも、責め問いに竹刀を使うのは、押し込み強盗で金を奪ったうえ人殺しまでしたような悪党が相手のときぐらいだぞ」

　平蔵は語気を荒らげた。

「だいたい、あんな娘を竹刀で打擲するようなやつは人でなしだ」

「まったくだ。武士の風上にもおけん外道(げどう)の仕業ですよ」

「そこだよ。どうにも解(げ)せぬのは……」

「うむ？……」

「おれは胸の打ち身は診ていないが、太腿と臀部の折檻の跡は、よほど腕力のない者が叩いたとしか思えんぞ」

「それは、どういうことです」

「だいたい、男だったらおなごの胸や臀などはめったに叩かんだろう」

「たしかに、ね。折檻のための打擲だとしたら、まず背中か肩だろうな……」

いいさして新八はハッと目を見開いた。

「じゃ、あの娘を折檻したのは女……」

「うむ」

平蔵は眉をひそめた。

「それも、ふだんは箸(はし)より重い物はもったことがないような、非力な女じゃないかな。男がやったら、あんなものじゃすまんだろう」

「ふうむ」

笹倉新八は憮然(ぶぜん)となった。

「女が、女をねぇ……」

「べつにめずらしいことじゃあるまい」

平蔵は苦笑した。

「夫婦喧嘩で女房が亭主に殴りかかることなんぞ長屋じゃめずらしくもないぜ」

「ははぁ」

「女はな。ただ優しくて、か弱いもんだなんてとんでもない。外面似菩薩内心如夜叉ということもあるからな」

「その、げめんなんとやらってのはどういうことです」

「なぁに、読んで字のごとしってやつさ。たしか華厳経とかいう経文の文言だったと思うが、外面は目を瞠るような別嬪で優しげに見えるものの、夜叉のような酷いことも平気でしてのける女もいるってことだ」

「ははぁ、ま、女は七化けするといいますからね」

「おい。そりゃ水木辰之助とかいう女形が十八番にしていた早替わりの芸だろうが」

「なに、女形なら半分おなごみたいなもんじゃないですか」

新八は涼しい顔でうそぶいた。

「それはともかく、あの娘が打擲された箇所が箇所だけに男の仕業とは思えん。なにか女の怨念のあらわれのような気がする」

「怨念ねぇ」

「だいたいが大奥とか武家屋敷の奥というのは陰湿な仕置きがまかりとおりやすい所だ。おそらく、あの娘は屋敷でもハバをきかしている女から憎しみをうけたにちがいない」

「というと、奥方か、側室ということですか」

「まぁ、そのあたりだろう」

「そいつはまたぞろ厄介なことになりそうですね」

「うむ……」

平蔵も渋い顔になった。

五

「しかし、あの娘も、あれだけの手傷を負いながら、よく逃げきれたもんだ」

「ま、とっさに猪牙舟に転がりこんだんでしょうが、あんなひ弱い娘に棹や櫓をあつかえるとは思えませんがね」

「おそらく、あの娘を逃がそうと助勢した男がいたんだと思うな」

斧田が検死した若侍のことが、ふたたび平蔵の脳裏を掠めた。

「あのおなごが屋敷者だとしたら、逃がそうとした男も侍だろう」

「しかし、武家屋敷から逃げ出してきたにしては着衣がちぐはぐでしたね」

「ちぐはぐとは……」

「なにしろ、あのおなごの身なりは男の単衣物に帯も男の角帯で、おまけに足は素足に藁草履という粗末なものでしたよ」

「だが、肌着と腰巻きは白絹の上物だったぞ。町人や百姓のおなごは木綿の色物がほとんどだろう。それに、あんな若い娘なら赤い腰巻きをつけるのがふつうだと思うがね」

「ええ、そこんところがどうもね」

「もしかしたら着物は男が用意したものじゃないのか」

「なるほど、それなら辻褄があう」

「それに折檻の跡があるということは、あの娘、下着だけにむかれて監禁されていたのかも知れぬな」

「そうですね。いくらこの季節といっても絹の下着をつけるような女が、素足に藁草履で外に出るとは思えませんからね」

「うむ……」

どうやら、あの娘は斧田が検死した若侍とつながりがあることはまちがいなさそうだと平蔵は確信した。

「あんたが猪牙舟で流されていたという娘を拾ったのは神田川の川上のあたりだといったが、どのあたりだ」

「たしか、小石川御門から三丁ほど下流だったたと思いますが」

「小石川御門から三丁というと、水道橋の近くか」

「ああ、たしかそのあたりでしたよ」

「………」

「ははぁ、神谷さん。どうやら心当たりがありそうですね」

「うむ……」

平蔵はひたと新八を見た。

「まず、おれの推測にまちがいはないと思うが、あの娘の怯えようをみると、迂闊なことはできんから、そのつもりで聞いてくれ」

「ええ。いったい、どういうことです」

「実はな。あんたの使いが来るちょいと前に斧田さんが来ていたんだ」

「斧田というと……あの、八丁堀(はっちょうぼり)の」

笹倉新八が思わず目を瞠った。

「ああ。それも、今朝、江戸川橋のそばの河原で侍が斬り死にしていたというんで、その検死に出向いた帰りだったそうだ」

「斬り死に……」

「うむ」

「江戸川橋といえば、おれが女の猪牙舟を拾った上流じゃないですか」

平蔵は無言でうなずいてみせた。

「どんぴしゃりだな……」

つぶやいて新八も凝然(ぎょうぜん)となった。

そこへ、佳乃が二人の女中に酒肴(しゅこう)の膳を運ばせてやってきた。

「さぁさ。神谷さまにはなんとお礼をもうしあげてよいかわかりませぬ。おかげで、あの娘さんもぐっすりと寝つきましたから、安心して召し上がってくださいまし」

かたわらから膳を運んできた二人の女中が笑顔で挨拶した。

「もう、お忘れかと存じますが、あの節はいろいろとお世話になりました」

「うむ?……」

見ると二人は四ッ目橋で無頼浪人どもに襲われて、あわや斬り殺されかけていたところを平蔵が新八や大嶽とともに駆けつけて助けた、夜鷹の朋代とおみつだった。

「おお、おまえたちか……」

見違えたのも道理、ふたりとも夜鷹の面影はどこへやら、頬もふっくらとして血色も生き生きとしている。

髪も島田に結い、屋敷女中として恥ずかしくない着物を身につけていた。

しかも、おみつのほうは大嶽の女房になったと聞いている。

平蔵も思わず顔をほころばせた。

不幸せな女が幸せになっているのを見るのは、なんとも気分がいい。

さっきまでの重苦しい気分も、すこし晴れやかになった。

六

「ほう。金象眼を使ってある鼈甲の櫛ですか。そいつは大奥の女中でも目の色を変えそうな上物ですね」

　女たちをさげさせたあと酒を酌みかわしながら、江戸川橋の河原で発見された屍体を検死したという斧田同心の話を、平蔵から聞かされた笹倉新八が身をのりだした。

「その櫛はまちがいなく、あの娘の持ち物だと思いますよ」

「うむ。あの娘に斧田さんがもっている鼈甲の櫛を見せたら、なにか反応があるという気がするんだが……」

「なるほど、そいつはいい手かも知れませんよ」

　新八が身をのりだしてきたが、平蔵は渋い顔になった。

「ただ、斧田さんが顔をだしたら、あの娘はだんまり貝みたいになってしまうんじゃないかな」

「そうか。なにせ斧田さんは物言いから、歩き方まで八丁堀が身にしみついてるようなひとですからねぇ」

「ううむ。そこだよ」

それに斧田は臍曲がりだから、検校屋敷だからといっても斟酌無用で乗り込んでくる可能性は充分にある。

下手をすると、あの貝は口をとざすばかりか、こころまでとざしかねない。

「いや、まさか、いくら強引な斧田さんでも、検校屋敷で八丁堀風をひけらかすことはなかろうと思いますがね」

検校屋敷は神社仏閣とおなじく、寺社奉行の管轄下に入っていて、配下には与力もいれば同心もいる。

それに寺社は人びとの尊崇をうける、いわば神域にはいるから尊大にかまえていて、町奉行配下の八丁堀与力や同心が探索に立ち入ることはできないきまりになっている。

町方の犯罪捜査がおもな仕事の町奉行配下の与力や同心は不浄役人と呼ばれ、寺社奉行配下の与力や同心からは格下と見下げられていたから、いうなれば犬猿の仲だった。

それをいいことに多くの神社や寺は門前町に岡場所を許可し、楼主から金銭を吸い上げては商人に金を貸しつけ、せっせと蓄財に励むという構図ができあがっていた。

俗にいうテラ銭という言葉はここから生まれたものだ。

つまり公儀の格付けでは寺社奉行のほうが、町奉行より格上になっているから、町方同心の斧田が検校屋敷には乗り込んではこないだろうと笹倉新八は見ているのだ。

そういう意味では、あの娘の身の安全は確保されているともいえる。

しかし、あの娘の名前や、どこで何があったか、だれが下手人かを調べるには町方の手を借りなければどうにもならないことも確かだった。

「それに、もうひとつ斧田さんの力を借りなきゃどうにもならんことがある」

平蔵はホロ苦い目になった。

「ン……」

「もし、あの娘がどうしても口をひらかないとしても、下手人を割りだす手がないこともない」

「ほう。というと……」

「刀だよ。どこのだれかは知らんが、やつらは河原で人ひとり斬っている。しかも、凄まじい斬り方だったというから、やつらの刀には血脂がついているはずだ。人の血脂は懐紙で拭うぐらいじゃ落ちない。もし刃こぼれでもしていたら研ぎにだすだろう」

「そうか、研師を探すという手があるか」

「ああ、そんな探索は八丁堀のお手のものだろう。斧田さんなどは本所の常吉という腕利きの岡っ引きを聞き込みや下手人の探索に使っているからな」

「なるほど、そういう粘っこい仕事になると、われわれじゃどうともならんな。暴れるほうならお手のものですがね」

「ああ……」

ふたりとも腕を組んだまま、思案投げ首になった。

第六章　浮世絵の謎

一

その夫婦は二人ともおとなしそうな、ごくありふれた夫婦のように見えた。

亭主は幸助（こうすけ）といって自宅で蒔絵師（まきえし）をしていて、おふさという女房のほうは菱川（ひしかわ）寿喜麿（すきまろ）という雅号で浮世絵を描いている独り者の絵師の家に通いの女中をしているらしい。

絵師といっても秘戯画が専門の絵師であることは、その雅号からも察しがついた。

かつて武士は兜（かぶと）のなかに秘戯画をしのばせて戦場におもむいたと聞いたことがある。

命のやりとりをする侍にとってふくよかな女体の絵は戦場でのこころの安らぎ

だったのだろうと思う。

本阿弥光悦や狩野探幽のような大和絵の大家といわれる絵師でも秘戯画の筆をとったように、絵師が男女のまぐわいを描くのはめずらしいことではなかった。

寺社や大名の城、大身の武士や裕福な商人などの屋敷の襖絵を描くことができる御殿絵師はごくかぎられている。

ふつうの町人が銭をだして木版の絵を買うのは江戸の名所案内図か、人気の役者の似顔絵と、枕絵とも呼ばれている男女の秘戯画ぐらいのものだ。

秘戯画はひそかに木版で刷って裏で売るものだが、江戸詰めになった国侍たちも国元への土産に買い求めるから結構な商売になる。

ほかにも吉原の花魁の似顔絵だけは常に売れ筋の人気商品である。

花魁は男の憧れの的で、大名か大店の主人でなくては座敷に呼ぶこともできないし、ましてや臥所をともにするなどということは夢のまた夢でしかない。

せめて似顔絵でもという男たちが競って買うのだろう。

しかし、それも花魁を座敷に呼べるほどの大金を版元が払ってくれなければ似顔を描くこともできない。

おおかたの絵師が寿喜麿のように秘戯画に筆を染めるのは暮らしのためもある

が、女体を描いてみたいという画家の本能があるからだろうと平蔵は思っている。

まだ股座に毛もろくに生えそろわないころから生家の蔵にあった木版の秘戯画に血を滾らせていた平蔵には、寿喜麿の気持ちがなんとなくわかる気がした。

屋敷に秘戯画があるのは、娘が嫁ぐとき初夜の心得として持たせてやるのだと屋敷の老女から聞いたことがある。

――なにも知らん箱入り娘がこんな絵を見たら、さぞかし仰天するだろうなと思ったことを、いまでも覚えている。

おふさに聞いたところによると寿喜麿という男は御家人の長男だったが、絵師になりたくて家督を次男に譲って家を出てしまったという。

――ま、おれと似たようなもんだな。

苦笑したが、この夫婦は平蔵のところに診察にきたわけをなかなか話そうとしない。

見たところ、怪我をしているようすもなく病人のようにも見えなかった。

寿喜麿のことは何でも話すくせに、肝心のところになるとふたりとも顔を見合わせてもじもじしている。

「おい。どうして夫婦そろって医者のところにきたか話してもらわんと診察も治療もできんぞ。ン？」

　腕組みして、睨みつけると、ようやく腹をくくったらしく、幸助のほうがもじもじしながら重い口をひらいた。

「へえ、お恥ずかしいことですが、その、あたしがちょいと調子にのって、やりすぎちまいましたんで、へい」

「やりすぎたとは何をだね。喧嘩でもしてカミさんのどこかに怪我でもさせたのか」

「とんでもない。あたしら、所帯もって五年になりますが喧嘩なんか一度もしたことありゃしません……なぁ、おふさ」

「え、ええ……」

　おふさはそれだけはきっぱりうなずくとポッと頰を染めた。

「いえね、もとはといえばあたしが悪いんですよ。つい夢中になっちまって、うちのひとに無理させちまって……」

　ふいに両手で顔を隠すと、腰を妙に色っぽくくねらせた。

　とくに器量よしというわけでもないが、おふさの躰つきにはどことなく色気がある。

「夢中に……」

平蔵は首をかしげながらおふさを眺めているうち、ははんとうなずいた。

「つまりは、アレか……」

「え。ええ、ま……」

うなずいたおふさが、両手で顔を覆い、腰をくねくねと捻った。

「いやだ、もう！　恥ずかしい」

――なにが、もう、だ……。

平蔵、バカバカしくなった。

「それならそうと早くいえ。いっちょうまえの大人がうじうじすることでもなかろう」

「だって、せんせい……」

おふさは首筋まで真っ赤になって、後ろ向きになってしまった。

「おふさ、いいんだよ。あたしも悪かったんだから、おまえのせいじゃないよ」

幸助がおふさを抱きかかえ、懸命になだめにかかっている。

台所でお篠が笑いをこらえているのが、手にとるようにわかる。

バカバカしいような話だが、まだ若い男が陰萎では可哀相だから、去年から連銭草を焼酎に漬けこんでおいた薬酒を一合徳利に入れて持たせてやった。

この薬酒は、小川笙船から教えられたもので、陰萎には卓効がある妙薬である。陰萎は交合にあたって男根が萎えるもので、房事が過ぎるか、老人がなるもので、幸助の場合は原因がはっきりしている。

薬酒の盃一杯で充分に効くはずだ。

「ただし、効くからといって春三夏六などといって励みすぎると、ほんもののコレになるぞ」

手首を曲げて脅かしてやった。

「ほんとうは薬酒よりも山芋や泥鰌など精のつく食い物を食うことだな。それに蒔絵師なら一日座りっぱなしだから、暇なときはあちこち歩いて足腰を鍛えろ。食は命、人は足から老いるというぞ」

幸助夫婦は神妙な顔になって聞いている。

「おれは暇になるとあちこち出歩くから、ぶらり平蔵などと仲間から呼ばれているほどでな。よく歩きまわるから、こんな薬酒など飲まんでも、中折れなどしたことはないぞ」

「へ、へえ……」

幸助はちらっと台所のほうに目をやってうなずいた。

「どうりで、せんせいのご新造さんはバカに肌の色艶(いろつや)がいいと思いましたよ」

「なにぃ……」

「い、いえ。へへへへ」

「ほんと、浮世絵にしたいほどのご新造さんですよ。ねぇ、おまえさん」

「ああ、これからは麦とろ飯でもせっせと食って、日に一度は天王寺(てんのうじ)さんにお参りして境内(けいだい)を歩いてくることにするよ」

「そうですよ。今夜は泥鰌汁に麦とろ飯にしますからね」

「ああ、そうしておくれ。まだまだ老け込んじゃいられないからね」

夫婦は前途に光明が見えてきたように明るい表情になって、帰りに寿喜麿画伯の秘戯画を数枚、謝礼においていった。

しかも、薬酒代と診察料があわせて八百文のところを一分銀を謝礼だと出して、いそいそと帰っていった。

薬酒の礼もあるだろうが、夫婦共稼ぎで懐(ふところ)具合は潤沢なのだろう。

――こんな患者ばかりなら、結構毛だらけなんだがな……。

ふと、そんなさもしい算用が脳裏をかすめた。

二

「おい。あの夫婦、いったい、夫婦連れでなにしに来たんだ？　ン」

幸助夫婦といれちがいに、笹倉新八と連れだってやってきた伝八郎が興味しんしんで身をのりだした。

「なんだか、バカにいそいそして帰っていったぞ。夫婦の悩みごとらしいが、赤子が産みたいのに産まれんのか、もしくは産みたくないかの、どっちかだろう」

笹倉新八がかたわらでにやにやしている。

「好きだなぁ、矢部さんは……」

めずらしく伝八郎が手土産にもってきた小鰭（こはだ）の押し寿司をつまみながら冷やかした。

平蔵は渋い顔で、伝八郎を睨みつけた。

「めったやたらと患者のことをしゃべっちゃ、医者の信義にもとる」

新八が夫婦の置き土産の秘戯画を見てにんまりした。

「おおかた、その夫婦、こんな絵をおいていったところを見ると、過ぎたるはなんとやらの口じゃないかな」

「ふふ、よくわかったな」

「なにね。うちの検校どのが見かけによらず女好きでしてね。若いころ、妾を何人もかこって毎晩、せっせと励みすぎたせいで、いまやコレもんで嘆いてますよ」

右手首をだらりとさげてみせて、くくくっと喉で笑った。

「このあいだも、どこからか鳥居清信直筆の秘戯画を買いもとめて夜中まで眺めちゃ溜息ついていましたからな」

「ほう、検校どのはいくつだね」

「もう六十の坂は越えたはずですよ」

「だったら、まだ大丈夫だろう。権現さまも六十過ぎてからも何人もおなごに手をだしたそうだし、毛利元就などは七十いくつで子まで産ませたそうだからな」

「へええ、だったら検校どのも……」

「ああ、去年、笙船どのから伝授してもらった連銭草を焼酎の甕につけこんだ薬酒があるから、帰りに土産にもっていって検校どのに進呈してみるといい」

「ほう、そんなに効くんですかね」

「ああ、こいつは疳取草(かんとりそう)ともいって子供の疳の虫おさえにもなるし、田虫や水虫、切り傷の血止めにもなる便利な薬草だが、別名カキドオシといってね。焼酎につけこんだやつを飲ませると精力絶倫になる妙薬だ」

「おお、あれは効く効く。効きすぎて困るくらいだぞ」

伝八郎が気負いこんだ。

「検校どのも踊りだすこと請け合いだ」

「いやいや、検校どのは今のまんまのほうが無難でしょう。そんなものを飲ませたらお陀仏(だぶつ)になりかねませんからな」

そこへ、ふたりのために酒を買いにいっていたお篠が帰ってきた。

「遅くなって、もうしわけありませぬ」

台所の土間から貧乏徳利をさしあげて見せた。

「いま、お燗(かん)をつけますからね」

「なに、お篠さん。冷やで結構。冷やで……なぁ、矢部さん」

「そうそう、お篠どの、いま、さっきのおかしな夫婦の話をきいたばかりでな。ちくと頭を冷やしたいところよ」

「まぁ……」

お篠が口に手をあてがい、くすっと笑いながら平蔵を睨んだ。

「いけませんよ、平蔵さま。患者を話のタネになさっては……」

「おれは何もしゃべっとらん。寿喜麿先生の名画を見て、伝八郎がやたらと訊きほじっておるだけよ」

幸助が代金に添えて置いていった木版の秘戯画を手にひらひらかざして釈明した。

「あれ、ま……」

お篠は真っ赤になって裏口のほうに逃げ出していった。

「ふふっ、あれあれのれの字そのうちどこへやら、か……」

伝八郎、妖しげな破礼句を口にしつつ、お篠のほうに首をのばした。

「いやぁ、お篠どのはこのところ一段と色っぽくなってきたのう……」

いささか品下がった讃辞をもらしてから、じろりと平蔵をふりかえった。

「おい、もしやして、きさま、まさか……」

「何がまさかだ。つまらん勘ぐりをするな」

「おい、とぼけてるんじゃあるまいな。あれだけの美形が身近にいたら、男ならだれしも意馬心猿の情が湧いて当然、でなきゃおかしいというもんだからの」

ウンとひとつうなずいた。

「それとも、なにか。このところきさま、トンとあっちのほうはご無沙汰(ぶさた)のようだが、自慢の槍も使いすぎて錆(さび)ついたか」

「いい加減にしろ」

睨みつけたとき、お篠が裏口から小桶(こおけ)を両手に抱えてもどってきた。

「なにもございませんが、井戸で豆腐を冷やしておきましたので冷(ひ)や奴(やっこ)にしておもちいたしますから……」

「おお、冷や奴。結構、結構。この季節にはなによりの馳走ですぞ」

伝八郎はよほどお篠が贔屓(ひいき)らしく、揉み手してよいしょしている。

――柄は悪いが、根はうぶな男だ。

と平蔵は苦笑しながら育代が作ったという小鰭の押し寿司を一切れ口にいれて、ウンと舌鼓(したつづみ)を打った。

「これはいける。おい、伝八郎。料理のうまい女房は鉄(かね)の草鞋(わらじ)を履(は)いてでも探せというくらいだ。きさまは幸せものだぞ」

「よせよせ、たかが押し寿司じゃないか」

「バカ。なにが、たかがだ。こいつをうまく造れる女房はそうはおらん。育代どのを粗末にしたらバチがあたるぞ」

「そうそう、だいたいが見境なしに女の臀を撫でているようじゃ、そのうち育代どのに愛想をつかされる」

　笹倉新八がきつい一発をかました。

「おい。見境なしにとはなんだ。聞き捨てならんぞ」

「ほう、なんなら小島町の『けやきや』ではたらいている小娘に聞いてみますかな。矢部さんに臀を撫でられたのは何回か……」

「お、おい。新八！　それはなかろう。それは……」

　伝八郎が顔を真っ赤にして必死に釈明これつとめているところに、お篠が冷や奴の鉢と、徳利の酒を運んできた。

三

　冷や奴に箸をのばしながら、幸助が置いていった秘戯画をめくっていた新八が、

「ン、これは……」と一枚に目をとめた。

「この女、おたかじゃないか……」

「ほう、知っているのか、その女」

平蔵がのぞきこむと、伝八郎も「どれどれ」と割り込んできた。

「ほら、この女……どうも見覚えのある顔だと思ったら、案の定、小鼻の脇と臍の下のここ、それに腿の付け根に大きな黒子があるでしょう」

「おお、あるある……えらく色っぽいところにあるのう」

伝八郎が肘で新八の脇腹をこづいた。

「それだけじゃない。ほら、これも……ほう、おたかの絵が三枚もある」

なるほど、着物や衣装こそ変えているものの、おなじところに黒子のある女がさまざまな姿態で描かれている。

「ふうむ。まさしくおなじ女だの」

平蔵も唸った。

「すこし腰まわりの肉づきがよすぎるが、こいつは枕絵のために誇張したんだろうな」

「しかし、きさまも隅におけん男だの。こんなところの黒子までおぼえてるってことは、ふふふ……」

夢中になっている三人に、お篠は呆れたらしく、そうそうに台所にもどっていった。

「しかも、この角顔の男のほうも見たことがある。たしか伏木惣六とかいったな」

新八は口をひん曲げた。

「まいったなぁ。こんな嫌なやつとかかわりのある女を抱いちまったのか」

「嫌なというと……」

「いえね、こいつは金と女に目がないやつで音羽の蝮なんぞと陰口をたたかれているやつですよ」

「音羽の蝮……博奕打ちか」

「いやいや、音羽通りにある馬庭念流の道場で師範代をやっていて、腕もなかなかのものだそうですがね。目をつけた女は手込めにしてでもモノにしてしまうという、破落戸剣客ですよ」

「そいつはけしからんな。おなごを手込めにするなどというやつは外道畜生だ」

「八丁堀は見て見ぬふりか？」

「まぁ、そんなところでしょう。なにせ、道場主の疋目十郎太というやつが伏木に輪をかけた凄腕の剣客でしてね」

「ほう……そんなに腕がたつのかね」

「ええ。なにしろ、噂じゃ、これまで道場破りにきた剣士を五人とも、立ち合う相手と木刀を合わせることなく内懐に入って一太刀で腕をへし折るか、脳天をたたき割ってしまったらしい」

「ははぁ、それはどうやら脱という技じゃないかな」

「ぬけ……」

「ああ、脱出の脱という字をあてた技で、馬庭念流の免許を受けた者に授けられる極意の技らしい」

「ほう……」

「神谷。おぬし、なぜ、知っておる」

「お師匠が碑文谷に隠遁されたのち、師匠の血をひく男を討ち取れと命じられたときに授けられた技のひとつに、おなじようなものがあったのさ」

「ああ、あの戌井又市とか申した人斬り狼みたいなやつを斃したときだな」

「うむ……」

「ふうむ……なにせ、きさまは師匠の秘蔵っ子だったからのう」

伝八郎が羨ましげにぼやいた。

「ですが、佐治一竿斎先生も、神谷どのも鐘捲流でしょう。なのに、どうして馬庭念流の技を……」

「まぁ達人は達人に通じるということだろう。おれはまだまだそこまではいかんがね」

平蔵は苦笑した。

「しかし、その疋目十郎太という男は脱を使うからには、なかなかの剣客だぞ」

「ま、たしかに疋目のほうは妾を一人囲っているものの金や女には身綺麗な男で、音羽に屋敷がある阿能という大身旗本の庇護をうけていると聞きましたよ」

「ほう、阿能家といえば三河譜代のお歴々じゃないか。ま、八丁堀の同心あたりじゃ手も足も出んだろうな」

平蔵は苦い目で手にした枕絵を見た。

「しかし、寿喜麿せんせいも、よく、そんな物騒な男を手本にしたもんだな」

「ふふ、神谷さん。万事は金ですよ、金。……おそらく女のほうが絵描きか、版元に小判を二、三枚包まれて、こっそり隣の部屋からのぞき見させたんだろうな」

新八はこともなげに笑った。

「連れ込み茶屋や、料理屋にはそういう『からくり部屋』をわざわざ造っているところがずいぶんありますからね」

「おい、伝八郎。きさまも気ぃつけろよ」

「なにをぬかしやがる。おれはいまのところ育代一本槍よ」

「いまのところ、はな……」

「ちっ……」

「ところで、あの貝娘、まだ、なにもしゃべろうとはせんのか」

「ええ、傷のほうは随分よくなったんですがね。口のほうはサッパリ……」

「やっぱり斧田さんに連絡(つなぎ)をつけて八丁堀の手を借りたほうがよさそうだな」

「そうですな。そいつは神谷さんにおまかせしますよ」

「よし、味楽の十内(じゅうない)どのにでも頼んで呼びだしてもらおうか」

四

平蔵が縁側で木版の秘戯画を眺めながら、冷や奴の残りを肴(さかな)に一杯やっていると、二人を送りだしたお篠がもどってきた。

「あら、まだ、そんなものを見てらっしゃるんですか」

「ふふふ、あの夫婦がこんな絵を見ちゃ、せっせと励んでいたのかと思うと、ちと、いじらしくなってな」

「もう……」

「なぁに、人も獣の仲間だ。男とおなごが睦みあうのは至極あたりまえのことだぞ」

「それは、そうですけれど……」

「ふふふ、ま、伝八郎みたいにおなごの臀をさわりたがるのもどうかと思うがね。しかし、あいつも根っこは純情可憐な男よ」

お篠はくすっと笑った。

「ええ、すこしおふざけなところはありますけれど……でも、よいお友達ですわ」

「うむ。五つ六つのころからの悪さ仲間だからな。俗にいう腐れ縁というやつだ」

「まぁ、腐れ縁だなんて……」

お篠は笑いながら睨んでみせた。

「わたくしなど、ちいさいころは朝起きてから日が暮れるまで母の手伝いやら手内職ばかり、嫁いでからも暮らしに追われて過ごしてまいりましたもの……」

　夕闇がただよいはじめた庭にまなざしを向けた。

「お友達もできなかったし、遊ぶ暇などありませんでした……」

「そうか……」

　いつも、きびきびと立ち働いて、明るく振る舞っているお篠を見馴れている平蔵が、はじめて見た陰りのある表情だった。

　それは、人の幸せとはほど遠いものだった道のりをふりかえっているようなまなざしだった。

「そのあげくに、いまでもおれがような男の世話に追われて身のやすまることもないとは……いや、すまぬことだ」

「いえ、そのような」

　お篠は目を瞠ると、いつになく強い口調で打ち消した。

「平蔵さまのところにいますと、いろいろなおひとのおはなしも聞けますし、平蔵さまも気さくにはなしてくださいますから、毎日がほんとに楽しゅうございます」

「ほう。そう、思うていてくれるか」

「はい、それはもう……」

お篠はためらいもなくうなずいた。

「ひとり暮らしのほうが気楽だというおひともいらっしゃいますけれど、わたくしはそうは思いませぬ」

お篠はまっすぐに平蔵を見た。

「台所に立っても、ひとりなら何を造っても張り合いがありませんが、食べてくださるおひとがいると思うと、造るにも張り合いがございますもの……」

独り言のようにつぶやいた。

どうやら、お篠はこれまで見た目とは裏腹な幸うすい暮らしを送ってきたらしい。

五

「ふうむ……」

斧田晋吾は馴染みの小料理屋「味楽」の座敷にあぐらをかいて、平蔵と新八の顔を渋い目で眺めた。

ここは、どうあっても斧田に協力してもらうしかなかった。

そこで新八とも相談のうえ、平蔵が「味楽」に斧田を呼びだして、身元不明の娘を新八と大嶽が助けたいきさつを話し、斧田に協力してくれるよう二人で頼みこんだのだ。

「どうかな……」

平蔵が水を向けると、斧田は無言のまま膳のうえの豆腐田楽(でんがく)に箸をのばし、口にほうりこんだ。

「うむ。こいつはいける。さすがは味楽だけのことはあるな」

満足そうにうなずいてから平蔵の顔をすくいあげ、ようやくうなずいた。

「よし。ここはひとつ、あんたのいうとおりに試してみるか」

そういうと、ふところから鼈甲(べっこう)の櫛(くし)をとりだし、平蔵に手渡した。

「ただし、その、だんまりの貝娘から聞き出したことは残らず話してもらうぞ」

「ああ、もちろんんだ。いずれにせよ、あんたの手を借りなきゃならんことだからな。じゃ預からせてもらうぞ」

屍体があった河原で斧田が見つけた遺留品の櫛は笹倉新八と大嶽が助けた娘の身元を知るための唯一の手がかりでもある。

そして、斧田が検死した若い侍の連れの女は、ほぼ、あの娘にちがいないと、二人の意見は一致していた。

はじめのうちは斧田も渋い顔をしていたが、身元探索が思うように進展していないせいもあるのだろう。

聞き出せたことは残らず話すという条件つきで櫛を渡してくれたのだ。

斧田から受け取った櫛をあらためて子細に見るなり、平蔵も目を瞠った。

「どう見たって武家屋敷でも女中が買えるような代物じゃないぞ」

「ああ、おそらく屋敷のお偉方からの拝領物だろうな」

「というと、これを娘にあたえたのは殿さまということになるな」

「もしくは奥方か、側室ということもありうるが……」

平蔵は小首をかしげた。

「なにしろ武家屋敷の奥というのは大奥とおなじで伏魔殿（ふくまでん）のようなものだからな」

「ほう。あんたの実家もそうかね」

斧田がにやりと口を挟んだ。

「あいにく、おれの兄者は無類の堅物で、嫂上（あねうえ）一本槍よ」

「ふふふ、弟とはおおちがいか……」

「ひょっとしたら、神谷さんは種ちがいかも知れませんよ」

横合いから新八まで茶々をいれた。

「おい、ちと口がすぎるぞ」

「ふふっ……」

そこへ茂庭十内が桂むきにした大根を蒸しあげて柚味噌をかけた一品を、お甲に運ばせてやってきた。

「お口にあいますか、どうか」

柚の香りがなんとも食欲をそそる。

「お、これはうまそうな……」

さっそく新八が箸をのばした。

「ま、いい櫛ですこと」

さすがに女だけあって、お甲は平蔵が手にしていた櫛に目を奪われた。

「それ、平蔵さまがおもとめになったものですの？」

「馬鹿をいえ。おれがおなごの髪飾りを買うような男に見えるか」

「あら、もうお忘れになったんですか」

お甲は髷に刺していた簪を抜いて、見せびらかした。

「ほら、これは平蔵さまに買っていただいた簪ですよ」

「ン……」

「いやだな、もう。ほら、橋むこうの古道具やで二分の言い値を一分二朱に値切って」

「あ、あれか……」

平蔵、ようやく思い出した。

「たしか露天の爺さんの……」

「そうですよ。わたし、ずうっと大事にしていたんですからね」

お甲がプッと頬をふくらませて睨みながら銀細工の飾り花が行灯（あんどん）の灯りにキラキラと揺れて煌（きら）めいている簪を髷にもどした。

「ふうむ」

——それにしても、一分二朱などと金額までおぼえているとは……。

おなごというのは飾り物には、よくよく執着するものらしい。

「神谷さま。その櫛はどうやら西海屋（さいかいや）の品のようですね」

平蔵が手にしていた櫛を見つめながら茂庭十内が口を挟んだ。

「西海屋というと、日本橋の……」

「はい。それだけの本鼈甲をあつかえるのは西海屋しかございません」

茂庭十内は迷いもなくうなずいた。

「拝見してもよろしゅうございますか」

「ああ、いいとも」

西海屋は小間物を商いする、江戸でも屈指の名店である。

日本橋通三丁目に店をかまえ、櫛、簪、笄などの髪飾りや印籠、矢立などの小物をあつかっている。

得意先はもっぱら大名家、大身旗本、大店の商人などで、ほとんどは注文を受けてから職人に造らせて納品する。

それだけにおなじ品物はふたつとないことでも知られている。

茂庭十内は刀剣や骨董の目利きでもあるが、こうした飾り職人にもくわしい通人でもある。

十内は平蔵から受け取った櫛を行灯の灯りにかざし、しばらく裏表をじっくりとあらためてから、にっこりとうなずいた。

「まちがいございません。この象眼は蓑吉の細工ですよ」

「蓑吉……」

「はい。これだけの細工ができる職人は塗師町の蓑吉のほかにはおりませぬ」

　平蔵は思わず斧田と顔を見合わせた。

「ううむ、塗師町の蓑吉か。こいつはおれとしたことが、つい、うっかりしていたぜ」

　斧田はポンと膝をたたいた。

「そいつが蓑吉の細工だとしたら、どこの屋敷に納めた品かもわかるかも知れねえな」

「いうまでもございません。蓑吉ほどの職人なら手がけた品がどこに納められたかは聞いておりましょうからな」

「ううむ。そうとなると、この櫛はだんまりの貝娘に見せる前に、その蓑吉にあたってみたほうが早いかも知れぬな」

　平蔵は斧田を見て、おおきくうなずいた。

「納めた屋敷がわかれば、あの娘の身元や名前を調べる手がかりになるだろう」

「ああ、そうとなりゃ、やっぱりこいつはひとまず、おれがもっていくぜ」

　斧田は手をのばし、茂庭十内の手から櫛を取り戻した。

「そうだな。できれば、あの娘をしばらくはソッとしておいてやりたいからな」

平蔵も、笹倉新八も異存はなかった。

櫛を見せたところで、あの娘が口をひらくとはかぎらない。

それよりも斧田にまかせて、櫛を納めた武家屋敷を聞き出したほうが娘の身元を割り出す早道だろう。

「そうよ。この櫛の出所をたぐりゃ、その娘がどんなつらい目にあったかもわかるんじゃねぇかな」

ふたりのやりとりを聞いていたお甲が耳をそばだてた。

「ねぇ、平蔵さま。その娘さんって、どんなおひとなんですか」

「お甲……」

茂庭十内が目でたしなめた。

「お上(かみ)の御用筋だ。よけいな差し出口はするものじゃない」

不服そうに首をすくめたお甲を見て、平蔵はニヤリとした。

「なに、どこのだれかもわからん娘さ」

「え……」

お甲がきょとんとして首をかしげた。

「お甲は知らなくていいよ」

「あら、どうしてですか」

「おまえは幸せなおなごだからさ。不幸せなおなごのことは知らんほうがいい」

「どこが幸せなんですよう。いい人もできないのに……」

ぷっとふくれた頬をつついてやった。

「なに、そのうちわんさとできるさ。おまえみたいな娘にできんはずはない」

「ン、神谷さまはいつだって、そんなことといって、はぐらかすんだから……」

ツンとそっぽをむいた。

「いっそ、神谷さまのところにいって押しかけ女房になってみようかな」

「お、おい……」

「おもしろいな。お篠さんとお甲さんを掛け合わせるとどうなるかな」

新八がにやりとした。

「ちっ、軍鶏（しゃも）じゃあるまいし……」

「あら、わたしのほうが若くてぴちぴちしてますよう」

「ま、お篠さんより三つ四つ若いぶん、イキがいいことはたしかだな」

横から斧田がよけいな茶々をいれた。

「でしょう」

お甲がうれしそうにはしゃいだ。

「けどよ。色気じゃまだまだ負けるぜ」

「ン、もう……」

「お甲……」

茂庭十内が苦い目でたしなめた。

六

――おなじ頃。

阿能家ではお簾の方が怒り狂っていた。

「ええいっ！　役に立たぬ者ばかりじゃ。たかが、おなごひとりと赤子をむざむざ取り逃がすとは何事ぞ」

お簾の方の前に平伏していた数人の阿能家の若党は血の気をうしない、顔もあげられなかった。

「ははっ、もうしわけございませぬ」

「取り逃がしたわけではございませぬ。土地の者を雇って懸命に探索させましたが、なにぶん親子ともども家にも畑にも見あたらず、見かけた者もおりませなんだゆえ、やむをえず引き返してまいりました」

「たわけっ！　おなごの身で雲隠れしたわけではあるまい。村長や年寄りどもに問いただしてみたのか」

「いえ。あまり表沙汰になりますれば御家名にも傷がつきまするゆえ」

「おろかものめがっ」

　御方さまはきりりと眉を吊り上げた。

「あのような身分卑しきおなごに殿のお手がついたことが明るみに出ることこそ阿能の家名を汚すことになろうぞ。なんとしても妙と赤子を捜しだし、始末することじゃ」

「ははっ」

「もうよい！　そちたちにまかせたのがまちがいであった。主膳はおらぬのか。はよう主膳を呼んでまいれ！」

「は、た、ただいま……」

　畳に額をおしつけんばかりに平伏していた家士たちはあたふたと退座していった。

「あのような役たたずに扶持をくれてやっていたと思うだに口惜しいわ」

御方さまは苛立って、手の扇子で脇息をたたいて吐き捨てた。

お側に仕える侍女たちも、御方さまの怒りの矛先が飛んできてはたまらぬとばかりに顔を伏せたまま身じろぎもしなかった。

お簾の方は、もう、とうに三十路を過ぎているが、天性の美貌はいささかも衰えず、子がないせいか、いまだに肌の色艶もみずみずしく、二十代の女盛りのように見える。

ただ、恐ろしいほど癇性が強く、どこまでも我意をおしとおすため、侍女は四六時中、神経を研ぎすましていなければならなかったから、奉公にあがって五年もたたぬうちに何かと口実をつけて暇を願い出る者がほとんどだった。

この屋敷の主人は阿能光茂といって禄高五千五百石という高禄を食む徳川家譜代の大身旗本である。

光茂は生まれつき蒲柳の質で春先に体調をくずし、願い出て書院番から無役寄合に移され、王子にある別邸で療養していた。

したがって、この三千坪を越える広大な拝領屋敷の事実上のあるじは奥方のお簾の方ということになる。

お簾の方には子がないため、自分の弟の天野助三郎を跡取りにしたいのだが、この助三郎が、またお簾の方とよく似た気性のため、温厚な光茂が嫌い、どうしても跡継ぎにしようとしなかった。

そもそも光茂とお簾の方とは相性が悪く、婚してから臥所をともにしたことは数えるほどしかなかった。

こういうときは親戚や用人が相談のうえ、気立てのいいおなごを光茂にすすめ、側室にするものだが、お簾の方が頑として首を縦にふろうとしない。

光茂も蒲柳の質とはいえ、女嫌いというわけではなく、これまで何人か御側仕えの女中に手をつけたことがある。

五千五百石の大身旗本の当主が側女中を愛でて側女にするのはままあることである。

ことに本妻の奥方に子が産まれないときは家臣がすすめて愛妾をもたせるよう仕向けるのが武家の習わしでもある。

それに悋気するような奥方は武家の妻にあるまじき女として一族から叱責され、生家にもどされるか別邸に遠ざけられる。

ところが、お簾の方はそんなことは意に介することなく、光茂の寵愛をうけた女中は容赦なく不義者として宿さがりさせてきたのだ。

ところが最近になって、一年前に母親が病没し父親がひとりきりになったというので宿さがりを願い出て許された妙という女中が、ひそかに殿の子を身籠もっていたらしいということがお簾の方の耳にはいった。

しかも、産み落とした赤子が男の子だとわかったからたまらない。

「あのような卑しい身分のおなごが産んだ子が、殿のお血筋などということがあっては阿能家末代までの疵となろう」

烈火のごとく怒り狂ったお簾の方は、すぐさま屋敷の者を走らせ、ひそかに始末せよと命じたが、お妙の家は空き家になっていて、土地のやくざ者に探させても、赤子ともどもどこに消えたかもわからずじまいになったのである。

――もしやしたら……、
お美津も身籠もっているかも知れないと思うと、なおさら、お簾の方の怒りと焦燥はつのるばかりだった。

「かようなときに、主膳はいったい、どこでなにをしておるのじゃ！」

お簾の方は苛立ちのあまり、かたわらの脇息を扇子でせわしなくたたいた。

七

松並主膳は廊下を曲がりながら頬に苦笑を刻んだ。

お簾の方の疳高い声がここまで聞こえてくる。

――御方さまにも困ったものよ。

お簾の方は、かりにも五千五百石という高禄を拝領する阿能家の奥方である。

――すこしは体面というのをわきまえてもらわねばならぬ……。

主膳は片頬にホロ苦い笑みをうかべながら舞台の花道にあがる能役者のように白足袋の足をすっすっと運んで、お簾の方の御座所にはいっていった。

「おお、主膳か。いままでどこにおったのじゃ！」

お簾の方はどこやら甘えるような声でなじった。

「ちと客人がございましてな。黒書院で応対をしておりました」

ふわりと受け流し、

「妙のことなら案じられますな。たかが百姓娘ひとり、さほど騒がれるほどのことではござらん。御方さまのご身分にもさしさわりかねませぬぞ」

双眸に笑みをにじませながらも、ぴしりときめつけた。

まるで親が娘をたしなめるような口調であった。

「このこと、万が一、公儀目付の耳にでもはいれば由々しきことにもなりかねませぬ」

「う……さ、されど主膳、このまま捨ておけば」

「ご案じめさるな。お美津はもとより、お妙のこともそれがしにおまかせあれ。なんの、たかが百姓女が産み落とした赤子ひとりのことで、この由緒ある阿能家が小ゆるぎひとついたすはずもございませぬ」

主膳の落ち着きはらった涼やかな音吐は、昂ぶっていたお簾の方の心機を鎮めるのに充分な効果があったようだ。

「それより、御方さまもたまには王子におわす殿のお見舞いに足を運ばれたほうがよろしゅうございますぞ」

「いうな、主膳。……見舞うたところで殿の気鬱の病いがようなるわけではなし、わらわもうっとうしいだけじゃ」

お簾の方は生来の癇性をあらわにし、吐き捨てるようにいうと、つとそっぽを向いてしまった。

八

阿能家の屋敷から二丁ほど北の音羽四丁目に馬庭念流指南の看板を掲げている剣術道場がある。

道場主は疋目十郎太という剣士で、上背も肩幅もあり、筋骨もたくましい。鼻梁（びりょう）が太く、顎（あご）も角ばっていて、なにより双眸が鋭く、見るからにいかつい容貌をしている。

三十五、六歳の男盛りのようだが、妻子はなく、近くの東青柳町（ひがしあおやなぎちょう）におさいという妾をひとり囲っているが、道場にはたけという耳の遠い飯炊（めした）きの婆さんがいるだけだ。

疋目十郎太は当世流の竹刀（しない）剣術を児戯（じぎ）と嘲笑（ちょうしょう）し、木刀での立ち合いしか受けなかった。

かつて道場破りを挑んだ浪人がいたが、十郎太は打ち込んできた相手の木刀を苦もなくかわすと内懐にすっとはいり、一撃で浪人の頭蓋骨（ずがいこつ）を打ち砕いてしまったという。

門弟たちへの稽古も容赦がないため道場は寂れる一方だったが、疋目十郎太と同門だった伏木惣六が師範代になってからは、弟子の稽古はもっぱら伏木が引き受けるようになってすこしずつ入門者もふえてくるようになった。

伏木惣六は疋目とは同門の仲で、剣の腕は疋目に一歩譲るものの人あたりがよく如才のない男で、稽古もほどほどにあしらうことを心得ている。

三年前、おなじ音羽に屋敷がある大身旗本阿能家家老の松並主膳が外出先で数人の無頼浪人にいいがかりをつけられたことがある。

そのとき、たまたま通りかかった疋目十郎太と伏木惣六の二人が苦もなく追い払ってやった。

以来、松並主膳が後ろ盾になり、道場の改築費用も阿能家が出してくれた。

門弟は二十人そこそこだが、阿能家が面倒をみてくれるため、当座の金に窮することはなかった。

伏木惣六は道場の近くに一軒家を借りているが、無骨な疋目十郎太とはちがい、女には目がない男だった。

角顔のいかつい風貌をしているが、口上手らしく、どこで調達してくるのか、三日にあげず婀娜っぽい女を連れ込んでは、あたりかまわぬ嬌声をあげさせ、近隣の人びとの眉をひそめさせている。

今日も、まだ日が高いうちから吉祥寺の門前町にある居酒屋で酌取りをしているおたかという馴染みの女を家に呼び寄せ、白い肌身をむさぼっていた。

おたかは三十前の年増で、乳房や腰まわりにも女盛りの脂がみっしりのっている。

格子縞の着物はすっかり前がはだけてしまい、黒い繻子の帯が部屋の隅でとぐろを巻いていた。

どうやら子を産んだことがあるらしく乳房もたっぷりしていて、乳首もおおきく、粒だっている。

伏木惣六は単衣物を腰の上までたくしあげ、毛むくじゃらの臀をむきだしにして、おたかの両足をかかえこんでいた。

おたかは年増ながら色白の水気たっぷりの男好きのする躰をしている。

小鼻の脇と臍の下、太腿の付け根におおきな黒子があるが、なかなかの色年増だった。

器量も年のわりにはなかなかのものだが、なにしろ淫乱の質で、金さえだせばだれかれなしに寝るという、金と色事で世渡りしているような女だった。

おたかは伏木の骨ばった躰に太腿を巻きつけ、たくましく腰をゆすりたてている。

おたかの豊満な乳房も、腹も、太腿も噴きだす汗でしとどに濡れ、畳の色まで変わってしまっていた。

茶簞笥の鐶がカタカタと鳴り、安普請の床板がミシミシと悲鳴をあげている。

奥の茶の間においてある箱火鉢のうえに大徳利と湯飲みがふたつと鰯の干物の残骸が皿にわびしくのっていた。

ふいに玄関の引き戸があく音がした。

「おい、伏木……」

野太い声がしたかと思うと、障子を無造作に引きあけて上背のある侍がのそりとはいってきた。

月代を青々と剃りあげ、三つ紋付きの羽織袴をつけ、白足袋に雪駄、隆とした身なりである。

じろりと二人を一瞥すると、

「ちっ！　またぞろ、けだものごっこか」

口をひん曲げて、奥の茶の間にどっかとあぐらをかいた。

「あ……せ、せんせい」

　おたかはあわてて起きあがろうとしたが、伏木はかまわず女体を押さえこんだままで顔を振り向けた。

「悪いな。疋目さん。……見てのとおりでね。とどめを刺すまで呑んでいてくれ」

　一向に悪びれるようすもない。

　疋目十郎太は馴れっことみえ、気にするようすもなく大徳利と湯飲みを引き寄せると、勝手に酒をついで呑みはじめた。

「酔月(すいげつ)に松並さまから呼び出しの座敷がかかっている。さっさとおわらせてしまえ」

「ははぁ……」

　伏木はにんまりとほくそえんだ。

「そういう時はやばい仕事をおしつけようとしているにきまっておる。……安請け合いはしないほうがいいぞ。せいぜいふんだくることだ」

九

吉祥寺は家康(いえやす)公の時代には水道橋のそばにあったが、明暦(めいれき)の大火で消失し、駒込(こまごめ)に移転してきた。

この近隣は神明宮(しんめいぐう)をはじめ寺社地がひしめきあっていて、水茶屋や料理屋が軒を連ねて競いあっている。

その一角に料理茶屋「酔月」はある。

客室は築山(つきやま)をかこんだ離れ部屋になっていて、ほかの客と顔をあわせずにすむようになっている。

疋目十郎太が身なりをあらためた伏木惣六とともに酔月に現れたとき、松並主膳はすでに座敷で待っていた。

いつもは屋敷に呼びつけ、頭ごなしに用向きを伝えるが、わざわざ席を設けて出向いてくる時は、きまって面倒な事柄が待っていた。

それも、今日は酔月でも玄関からじかに足を運べる奥まった離れ家をとってあった。

しかも、この時季だというのに、松並主膳の背後の床の間には宗匠頭巾が畳んだまま置かれていた。

酔月に出入りするのに素顔をさらしたくなかったのだろう。

すでに膳は出されていて、目を瞠るような美しい女が酌をしていた。

銀杏崩しの髷に珊瑚玉の簪、露草色に白い鷺草を染め抜いた裾模様の小袖に黒繻子の帯を締めている。

襟足が抜けるように白い、垢抜けた美女だった。

「お蔦。これが疋目十郎太と伏木惣六だ。見知っておくがよい」

「はい。お二方のお噂はかねがねお聞きしておりますわ。女将の蔦ともうします」

ほほえんで、挨拶した女の艶やかさに伏木惣六は思わず見惚れて、ごくりと生唾を呑みこんだ。

間もなく座敷女中によって二人の膳が運ばれてきた。

女中が盃に酒をつぐのを待って、お蔦は女中たちをうながし退座させると、二人にこぼれるような笑みをふりまいて裾さばきも鮮やかに座敷を出ていった。

「いや、艶やかなものですな」

伏木惣六は涎をたらさんばかりに目尻をさげて、お蔦の形のいい臀を見送った。

松並主膳は苦々しげに惣六を一瞥してから、懐から袱紗包みをとりだした。

「惣六。おなご好きもいいが、分相応ということもあるぞ。ほどほどにすることだの」

袱紗から切り餅をふたつ、つかみだした。

「これで、おなご二人と赤子一人を探してもらいたい。おぬしらを使うほどのことでもないのだが、家士を使うては阿能家の家名にもさしさわらぬともかぎらぬし、また探索などには不向きな者ばかりゆえ、おぬしらに頼むのがよかろうと思うてな」

「なるほど、それで五十両……つまりはおなご一人頭、二十五両ということになりますな」

惣六は口辺に揶揄するような薄笑いを浮かべた。

「おなごの探索なら、われらより、阿能家が日頃から面倒をみておられる町奉行所同心のほうが手馴れておりましょう」

「町方の耳にはいればあとあと面倒なことになりかねん。それに、ただ見つけだせばよいというわけではないゆえ、おぬしらに頼むのじゃ」

「ははぁ……」

惣六はちらりと疋目十郎太の横顔に目をやると、つるりと顎を撫でた。

「松並さま。われらはまわりくどいのは苦手でござる。ずばりもうせば、その妙ともうすおなごと赤子、それに美津とやらいう駆け落ち者のおなごの三人を人知れず始末せよということではござらんのか」

「………」

松並主膳は無言のまま、しばらく伏木惣六の人を食ったような丸顔を見据えた。

伏木惣六は平然として酒を飲みながら、揶揄するような笑みをうかべたままで松並主膳を見返していた。

かたわらの疋目十郎太は不快そうな仏頂面（ぶっちょうづら）で腕組みしたまま鋭い視線を松並主膳に向けている。

日が西にかたむきはじめたらしく、庭に面した丸窓の障子が夕日に染まりつつあった。

十

――一刻（二時間）後。

疋目十郎太と伏木惣六は酔月からほど近い駒込富士前町（ふじまえちょう）の小料理屋の小座敷で酒を酌（く）みかわしていた。

伏木惣六は上機嫌のようだったが、十郎太はなにやら気むずかしい表情のまま、ぐいぐいと盃をあおりつづけている。

「な、おい。たかが、おなごふたりと赤子を片づけるだけで三百両だぞ。道場の束脩（そくしゅう）など一年で五、六十両がせいぜいだ。いわば屁（へ）のようなものだろうが」

伏木惣六はそそのかすような目をすくいあげて疋目十郎太を見た。

「しかし、相手が浪人者とか破落戸どもというのならともかく、ふたりとも阿能家に奉公していた女中だぞ」

疋目十郎太はぶすっとした顔で、じろりと伏木惣六を睨みつけた。

「しかも、一人は屋敷の若党と駆け落ちしたおなごで、もう一人のお妙とかいうおなごは一年も前に宿さがりしたおなごだぞ。なにをいまさらと思わんか」

「ちっちっ！」

伏木惣六は舌打ちすると、にんまりと疋目十郎太をすくいあげるように見た。

「だからこそ、この一件には裏があるとは思わんか」

「なにぃ……」

「いいか、あんたは剣の腕はおれよりもたつが、人の表裏というものを知らん。松並主膳という男は一癖も二癖もある曲者(くせもの)だぞ。ま、おれがみたところ、あの男はお簾の方を自家薬籠中(じかやくろうちゅう)のものにして操っておるな」

「自家薬籠中とはどういうことだ」

「きまっとろうが、寝ておるということよ」

　惣六はこともなげに言い放った。

「松並は屋敷の女中のだれしもが目ひき袖ひきしあうような美男だ。片やお簾の方も年は三十路過ぎた大年増らしいが美貌はいささかも衰えてはおらぬと聞いておる。ただ、殿との仲はうまくいっておらぬとみえ、ほとんど閨(ねや)をともにされてはおらぬということだ」

「ふうむ。……よくそんなことまで知っておるな」

「なに、知らんのはあんたぐらいのものよ。家中の者なら知らん者はあるまい」

　惣六は苦笑した。

「しかし、だからといって松並どのと奥方が密通しているとはかぎらんだろうが」

「それはまぁ、並の奥方ならそれでも我慢するだろうが、お簾の方はそうはいかん。おそろしく我が強いうえ、あっちのほうもめっぽう好きらしい。おまけに三十路の大年増とくりゃ我慢できんのだろうて」

伏木惣六はくくくっと喉で笑ってみせた。

「とはいえ、旗本の奥方が役者買いするわけにもいくまいしな。それに屋敷内は主膳があらかた実権を握っておるゆえ、味方につけておけばなんにつけ好都合だろう」

「つまり、御方さまも、松並どのも色と欲の二人連れということか」

「そうよ。世の中はおおかたは色と欲で動くものよ」

惣六はおおきくうなずくと、にんまりしてみせた。

「しかも聞いたところによると、お簾の方はいまの公方さまのお声がかりで阿能家に輿入れしたというから、松並どのとしてもお簾の方の機嫌をとっておけばのちのちのためにもなると十露盤を弾いたのではないかの」

「ふうむ……」

「松並どのは、いずれはお簾の方の弟を阿能家の当主に据えて、公儀の要職につかせる腹づもりだと聞いたぞ」

「うむ？」

「ま、五千五百石の譜代旗本ともなれば、賄賂次第で大名になるのも夢ではない」

「ほう、大名か……」

「そうよ。譜代大名になれば老中の座も夢ではない。松並どのはそこいらまで狙っているのではないか」

　惣六は上目づかいに十郎太をすくいあげるように見た。

「われわれもその片棒をかついでやるからには、それなりのおこぼれにありつかんとな。ここは、たかが三百両ぽっちではひきさがれんぞ。うまくいけば二百石や三百石、いや、事と次第によっちゃ千石取りの大身になれんともかぎらん」

「おい。伏木……きさま、いったい、なにを企んでおるのだ」

「なに、企んでおるのは松並どののほうよ。こっちとしては、その片棒をかついでやるだけのことだ」

「片棒といっても、たかが、おなご二人を始末するだけだろうが」

「ふふふ、なぁに、おなご二人というのは表向きよ。松並どののほんとうの狙いは赤子のほうだろうよ」

「赤子……」

「いいか、松並どのはまず下目黒村のお妙とかいうおなごと、そのおなごが産んだ赤子の始末を先にしろといったろうが。おれがピンときたのはそのときよ」

「おい。いったい、どういうことだ」

「考えてもみろ。お妙というおなごは一年も前に宿さがりした女中だぞ。それをいまごろになって急いで始末したがるのは、ちとおかしいとは思わんか」

「む、うむ。たしかにな……」

「いいか、阿能家の殿さまは正室のお簾の方を嫌っておるらしい。ま、ま、それはよい。たいそうな美人だそうだが、めっぽう気の強いおなごだというから、殿さまとしても抱く気にはなれんのだろうて」

「だから女中に手をつけられたのだろう。そのどこがおかしい」

「ふふふ、あんたも鈍いな。お簾の方が憎いのは殿さまに可愛がられた女中のほうだろうが、松並どのとしてはおなごなどどうでもよいのさ。なにがなんでも始末したいのは赤子のほうだということだ」

「うっ！」

　ようやく疋目十郎太も伏木惣六のいわんとしていることがわかったらしい。

「つまり、その赤子は殿さまの……」

伏木惣六はにんまりと片目をつむって、うなずいてみせた。

「な、そうなりゃ松並どのや、奥方にとっても泡を食うことになる。だからこそ、わざわざ大金をだして、われわれに頼んで早いうちに芽を摘んでしまおうという魂胆(こんたん)よ」

「ちっ！　どっちも、たいした悪党だの」

「ふふふ、いいじゃないか。だから、こっちも、その悪党の上前をはねてやろうというのさ。たんまりとな」

「ま、よかろう。悪党の上前をはねるというのが気にいった」

疋目十郎太は盃の酒をぐいと飲みほした。

「しかし、その妙とかいう、おなごも赤ん坊もどこにおるのかわからんのだぞ。どうやって探し出すつもりだ」

「ふふふ、そのことなら心配いらん。おれにまかせておけ。人探しに手馴れたやつを何人も知っている」

にやりとしてポンと胸をたたいてみせると、伏木惣六は懐から切り餅をふたつとりだして、ひとつを疋目十郎太につきつけた。

「あんたも飲み代のほかに、青柳町に囲っておる女に渡す手当もいるだろう」

伏木惣六は切り餅を疋目十郎太の膝前にすべらせた。

「このさい、われわれが阿能家のキンタマをがっちり握っておけばあとあとモノをいう。ま、万事、おれにまかせておけ」

伏木惣六は胸をポンとたたくと、威勢よく声をかけた。

「おーい。酒だ、酒をもってこい」

盃に酒をつぎながら、伏木惣六、目尻ににんまり笑みをにじませた。

「ふふふ、お蔦とかいう酔月の女将、ありゃなかなかの床上手らしいな。臀つきがいい」

「ちっ、おまえはそれしか頭にないのか」

「ほかになにがある。太閤さまも犬公方の五代さまも、とどのつまりは女の臀にでれりぼうでキンタマぬかれたじゃないか。結句、男なんてもなぁ、飲んで食って、いい女を抱いて、それでチョンよ」

第七章　驟雨(しゅうう)の抱擁(ほうよう)

一

もう、陣痛がはじまってから半刻（一時間）あまりになる。

潮が訪れるたび、女は歯を食いしばりながら平蔵の手にしがみつき、懸命に息んだ。

品のいい細面(ほそおもて)の顔には汗が噴き出し、血の気がひいて青ざめている。

胸も薄く、足腰もか細い女だった。

――このひとは難産になるかも知れぬ。

民江(たみえ)を初診したときから、ひそかに案じていたことでもある。

――その日の夕刻、七つ半（五時）頃。

平蔵が風呂にはいろうとしていた矢先、駒込片町(かたまち)に組長屋がある先手組同心の塚本源次郎の下男から塚本の妻の民江が産気づいたという知らせを受けた。

塚本は黒鍬組の宮内庄兵衛と親交があり、民江が身籠もって以来、平蔵が診ている妊婦だった。

ふつう出産は取り上げの婆さんに頼むものだが、出産した直後の処置が悪いと産褥熱を発し、産婦が亡くなることもすくなくない。

塚本はそれを案じて、外料（外科）の腕がいいと宮内から聞き、平蔵に頼むことにしたと聞いている。

平蔵はすぐに支度をととのえ、お篠をともなって駆けつけたのである。

お篠は子を産んだことはないが、これまで何度も出産の手伝いをしているというので、お産のときはきまって平蔵のかたわらで助産婦を務めてくれていた。

先手組の長屋に到着したとき、民江は鴨居にかけた力み綱にしがみついたまま、蒼白な顔をゆがめて呻きつづけていた。

すでに子宮のなかの羊膜は破れ、破水がはじまり、赤子の頭が見えかけている。

その、あと、もうひと踏ん張りができずに妊婦の息が切れてしまうのだ。

お篠は膝を立てた民江の足首をしっかりと押さえつけ、枕元の平蔵に目を向けうなずいたり、かぶりを横にふったりして状況を伝えつづけた。

民江も汗ばんでいるが、お篠の額やうなじにも汗が噴き出していた。

出産は人が獣の仲間であることの血腥い証しでもある。

気の弱い男なら四半刻（三十分）といたたまれないだろう。

お篠はきちんと正座したまま、背をかがめて顔色ひとつ変えずに見守りつづけている。

――気丈なおなごだ……。

日頃は優しげで、しとやかなお篠だが、男勝りの芯の強い女なのだろう。

平蔵はこれまで何度か出産を手がけたことがあるが、そのほとんどは経産婦だったし、もうひとりは初産だったものの野良仕事をしている農家の嫁で、骨格もしっかりしていたから取り上げるのも楽だった。

しかし、民江は初産でもあり、か細い躰つきをしている。

おなごは嫁いで夫との臥所を重ねるにつれ肉がついてくるものだが、民江はいまだに十五、六の小娘のようにしか見えない細身の躰つきをしていた。

五年も子宝にめぐまれなかったのは、どうやらそのあたりにあるのかも知れない。

ただ、そんな民江を夫が愛おしんでいることは、妊娠した民江のためにできるだけの配慮を惜しまないことからもよくわかる。

民江もそのことがわかっているだけに、なんとしても初子を産み落としたいのだろう。

出産は女の大役にはちがいないが、病いではない。

ただ、初産のおなごは産道が狭いから産み落とすまで手間がかかるが、おなごの躰というのは本来、子を産むようにできている。

百姓の女房のなかには野産（のざん）といって野良仕事の最中に産気づいて、そのまま畑や草むらのなかで産み落とすものもいるほどだ。

「焦（あせ）らずともよい。ときがくればかならずややは生まれてくるものだからな」

平蔵が声をかけてやると、民江はかすかにうなずきかえした。

武家の妻だけに家督を継ぐ男子をなんとしても産みたい気持ちはよくわかる。

なにしろ、武家の嫁は子産みのために嫁いでくるようなものである。

——三年子をなさぬときは去れ。

などという理不尽な不文律がまかりとおるのが武家社会だ。

民江は二十四歳になってようやく授かった初子だけに、なにがなんでも無事に出産したいにちがいない。

民江が出産にかける思いは平蔵にもよくわかっていた。

——なんとしても無事に産ませてやりたいものだ。

また潮がきたらしく、民江はひしと平蔵の手にすがりついて、おおきく深呼吸すると夜叉のような形相になった。

ひらいた膝を立てると、懸命に足を踏ん張った。その足首をつかんでささえているお篠が、わがことのように励ましつづけた。

「もうすこしですよ。もうすこし息んで……そう、あと、ひと息」

民江がカッと双眸を見ひらき、唸るような声をしぼりあげ、弓のように腰をそらせた。

——ようやく潮が満ちた。

二

平蔵はお篠とともに塚本家から借りてきた提灯の灯りをかざしながら四軒寺町の通りをゆっくりとくだっていった。

その日は朝から暗雲が空を覆い、夜道は漆黒の闇に閉ざされていた。

お篠は平蔵のかたわらに寄り添いながら足を運んでいる。

民江は陣痛がはじまってから二刻半（五時間）後になんとか無事に出産した。

それも待ち望んでいた男の子だっただけに、民江はもとより夫の源次郎の喜びもひとしおのものだった。

「なんとか無事に産まれてよかったな」

平蔵は手をのばすと、お篠の肩に手をまわして抱き寄せた。

「ほんと、ようございました」

お篠はほほえみながら身を寄せてきた。

島田髷に結った髪と薄化粧の香りが闇夜のなかでほのかに匂った。白いうなじが汗でしっとりと湿っている。

「そなたがいてくれて助かった。今夜の主役はそなただな」

「いえ、そのような……」

「いやいや、わしは臍の緒の始末をしただけにすぎん」

「でも、お産というのはほんとうに血腥いものですね」

お篠がつぶやくようにいって、かすかに身震いした。

「ああ、もともとひとなどという生き物は血腥いものだ。なにせ、男とおなごが生臭いことをして、おなごの腹に子種をつけて十月も腹のなかで育った赤子が、子袋を破って出てくるのだからな」

「平蔵さまも赤子（やや）が欲しいのでしょうね」

「いや……」

　平蔵はホロ苦い顔になった。

「これまで、そんなことは露（つゆ）ほども思うたこともないな」

「ま、なぜですの」

「なぜといわれても困るが、だいたいが、おれのような貧乏医者のところに産まれてきたら、ややこが可哀相だろう」

「あら、そうでもないと思いますけれど」

　お篠が目をあげてほほえみかけた。

「ややはどんな親でも可愛がってもらえれば幸せですもの」

「ま、できればできたときのことだがな」

　平蔵は目に苦笑をうかべた。

「だいたい男もおなごも、あのときはややこのことなど頭になく、ただ、やみくもにくっつきあいたいだけのことだろう。ちがうか、ン？」

「もう……」

お篠が羞じらうような目をすくいあげたときである。

ふいに暗黒の夜空が真昼のように明るくなって稲光が燦めいたと思う間もなく、はらわたに響きわたるような雷鳴が轟いた。

「あ！」

お篠が弾かれたように平蔵の胸にすがりついてきた。

途端にたたきつけるような豪雨が容赦なく襲いかかってきた。

平蔵は提灯を投げ捨てると、お篠を横抱きにかかえこみ、目の前の太田摂津守中屋敷の門屋根の下に駆け込んだ。

稲妻がたてつづけに燦めき、雷鳴がどろどろどろと夜空を震わせて渡っていった。

お篠は小刻みに震えながら、平蔵の胸に顔を埋めた。

降りしきる雨脚は門屋根の下にまで横なぐりにたたきつけてくる。

平蔵は震えているお篠の背中をあやすように撫でさすりながら笑いかけた。

「怖がらずともよいぞ。雷公はおなごの臍を狙ったりはせぬ。あやつは雄ゆえな、綺麗なおなごのそばにおる男が憎いのよ」

お篠の腰を抱きしめ、お篠の白い横顔をのぞきこんだ。

「つまりは雷公め、おれに焼き餅を妬いておるのだ」

お篠はひしとすがりつきながらも、すこしは落ち着いたらしく、平蔵の胸に頬をおしあてたまま忍び笑いをもらした。

雨に濡れた島田髷が崩れ、ほつれ毛が白いうなじにからみついている。

雷はすこしずつ遠ざかっていったが、雨脚は一向におさまるようすはない。

「ここにいても埒はあかぬ。ここまでくれば家まではひとっ走りだろう」

平蔵は足の草履を脱いで懐にねじこみ、しゃがみこんだ。

お篠の足首をつかみ、下駄をもぎとり左手に鷲づかみにして背を向けた。

「さ、わしにおぶされ」

「え……」

ためらうお篠の手首をつかんで引き寄せると、強引に背中におぶった。

「よいな。しっかりつかまっていろよ」

声をかけておいて、真っ向から吹きつけてくる驟雨のなかに駆けだした。

遠くで雷鳴が轟き、稲妻が暗雲に覆われた夜空を明るく染めた。

「あ……」

お篠がちいさな声をあげ、平蔵の肩にしがみついた。

しだいに雷鳴が遠ざかるにつれ、両手を平蔵の首に巻きつけ、頬をうなじに押しつけたまま全身のちからを抜いて身をゆだねた。

両手に抱えた太腿も、臀（しり）も雨に濡れて冷え切っていたが、お篠の躰のぬくもりが着物を透して平蔵の背中に伝わってくる。

平蔵は足袋跣足（たびはだし）のまま、雨足を蹴散らして駆けつづけた。

世尊院（せそんいん）の前を抜けると千駄木町の家並みを一気に駆け抜けた。

ようやく団子坂上の我が家にたどりつくと古びた木戸を足で蹴りあけた。

ずぶ濡れのお篠を抱きかかえるようにして土間に飛びこんだ。

強い雨足が二人のあとを追いかけるように吹きつけてきた。

三

――四半刻後。

強風はようやくおさまりつつあったが、雨はやすみなく降りしきっている。

まだ鉋（かんな）のかけあとがプンと匂ってくるような湯屋の板壁を眺めながら、平蔵は蠟燭の淡い灯りのなかで鉄砲風呂に首までどっぷり浸かっていた。

暗い湯屋のなかで、蠟燭の灯りがほそぼそとゆらいでいる。

冷え切った五体に熱めの湯がなんともいえず心地よい。

この湯屋は去年の暮れ、宮内庄兵衛が黒鍬組の配下で大工仕事の得意な男を差し向けて造ってくれたものだ。

ついでに湯屋から母屋の裏口まで差しかけの屋根を張ってくれた。トントン葺きの屋根だが、おかげで寒い冬場の雨天の夜でも、濡れずに母屋の裏口から湯屋まで下駄履きの数歩で行き来できるようになった。

雨に濡れて冷え切っていた全身が芯までぬくもってきた。

帰宅して着替えをすませるなり、お篠はすぐに夕方沸かしてあった風呂を追い焚きしてくれたのだ。

存分に躰を温め、風呂からあがると簀の子に置いてある大笊の褌をとってしめ、裸のままで下駄をつっかけ母屋の裏口から土間に入った。

流し台で包丁を使っていたお篠が急いで、上がり框に畳んでおいてあった浴衣をひろげて平蔵の背中にかけてくれた。

お篠は髷を崩した髪を束ねて紅紐でくくって背中に流し、平蔵の普段着に博多帯(おび)を巻きつけていた。

着丈(きたけ)も裄(ゆき)もだぶだぶで、裾からげして博多帯に挟んでいるが、だぶついた襟前から胸の谷間がのぞいている。

「ほう、間にあわせにしては、なかなか婀娜(あだ)っぽいではないか」

「なに、おっしゃってるんですか……」

お篠は赤くなって襟前をかきあわせると、くるっと背を向け、いそいで流し台のほうに駆けだした。

たくしあげた裾から素足の脹(ふく)ら脛(はぎ)がむきだしになっている。

目にしみるような白い脹ら脛だった。

四

お篠が縁側に置いてくれた蚊遣(かや)りの煙が雨戸の隙間からはいりこんでくる風にゆらゆらとなびいていた。

蚊遣りの煙がたなびいて、隣室に吊るした青い蚊帳(かや)に向かって流れていく……。

平蔵は膳の前におおあぐらをかいて、煎(い)り胡麻(ごま)をまぶした千切りの沢庵(たくあん)を肴(さかな)に冷や酒を飲んでいた。

夕飯は塚本家で出された祝い膳を馳走になってきたが、帰途を考えて酒は口しめし程度に飲んだだけだった。

屋根庇をたたく雨音にまじって、お篠が湯屋でかかり湯を使っている音がかすかに聞こえてくる。

ときおり、稲妻が閃き、雷鳴がとどろき、はらわたをゆさぶる。

平蔵は湯飲みについだ冷や酒を口にふくみながらじっと双眸を凝らしていた。

瞼の裏側に、薄暗い湯屋のなかで湯を浴びている、お篠の裸身がほのかに白く浮かびあがってくる。

平蔵は去年の初夏、お篠の腹部を触診したことがある。

そのときの掌に吸いついてくるようななめらかな肌ざわりは今でも覚えている。

あのころは食も細く、肌の色艶、肉づきも健やかとはいえなかったが、いまはあきらかにちがってきている。

ふたつの胸の隆起も、臀のふくらみも、かがめた太腿の肉づきまでが手にとるように見えてくるようだった。

平蔵は五体に勃然たる血がふつふつと滾りたってくるのを覚えた。

これまで、なんとかおさえつけてきた渇望が、もはや、おさえこめなくなるほど膨(ふく)れあがってきている。

孤閨(こけい)をかこっていた雄の本能がむくりと頭をもたげ、五体を突き動かした。

湯屋の戸が軋(きし)む音がして、下駄をつっかけたお篠が裏口から入ってくる気配がした。

お篠がいつものように玄関脇の三畳間に足を運び、着替えをしている衣擦(きぬず)れの音がしめやかに聞こえてくる。

運び行灯(あんどん)の薄暗い灯りのなかで、ひっそりと着替えしている白い女体が瞼にうかぶようだった。それは本能に目覚めた雄にとって抗(あらが)いようのない魅惑にみちた情景だった。

湯飲みの冷や酒をぐいと飲みほし、平蔵はゆっくりと腰をあげた。

閉めてあった襖(ふすま)をあけると、炉端(ろばた)の板の間に片膝をついてかがみこみ、手ぬぐいで足を拭いていたお篠がびくりと顔をあげた。

お篠は息をつめて、たくしあげていた裾をいそいでおろし、双眸(りょうめ)をおおきく見ひらいたまま、身じろぎもせずに平蔵を見迎えた。

平蔵は無言のままでお篠を凝視した。

お篠はまじまじと平蔵を見返しつつ、おずおずと腰をあげた。

遠雷がゆっくりと空を渡っていった。

平蔵はゆっくり歩み寄ると、両手をのばしてお篠を抱き寄せた。

「ゆるせ……」

湯あがりにほんのり色づいている耳元に口を寄せた。

「わしは、そなたをどこへもやりとうない。だれにもわたしとうないのだ」

「………」

お篠は一瞬、息をつめた。

「それに、このあいだの貸しもあるしな」

お篠はいぶかしげに平蔵を見あげた。

「忘れたか……」

平蔵は照れくさそうに苦笑した。

「わしと賭けたであろう。わしが負けたら、そなたの背中を流してやる。勝てば……そなたをもらう」

「ま……」

「あれはな、おれの本音だった」

お篠は黙ったまま、瞼をしばたたき、双眸を黒々と見ひらいた。

「おれは、そなたが欲しい。ずっと前からそう思うていた」

お篠はためらいがちに、そっと平蔵の胸に頬をおしあててきた。

「ただ、おれがような男ではそなたに苦労をかけるゆえ、迷うていたが、やはり、そなたをだれにもやりとうない。どこへも、だれにもやらぬときめた」

「平蔵さま……」

「これから先も、ずっと、おれのそばにいてくれるか」

お篠は霞のかかったようなまなざしで平蔵をすくいあげるように見あげた。

「どうも、うかうかしていると、そのうち、そなたをだれかにもっていかれそうだからな。そんなことになってはたまらん」

お篠はまじまじと平蔵を見返し、ふいに全身のちからをうしなったように平蔵の胸にひしと頬をおしあてた。

ふいに叩きつけるような雷鳴が地軸をゆるがし、お篠は全身を震わせ、平蔵にすがりついた。

雷鳴のなかで、平蔵は妻問いのことばをお篠に告げた。

「だれにも攫われない前に、そなたを奪う」

お篠の双眸に霞がかかった。

「よいか……よいな」

「え、ええ……」

お篠は喘(あえ)ぐように深ぶかとうなずいた。

「わたくし、まいりませぬ。どこへも」

ゆっくりと顔を起こし、繰り返した。

「どこへも嫁ぎませぬ。ずっと、平蔵さまのおそばに……」

「そうか、いてくれるか」

お篠はゆっくりと顎(あご)をひいて、ふたたび深ぶかとうなずいた。

「見てのとおりの貧乏暮らしだが、こらえてくれるか」

「そのようなこと……」

お篠は鋭くかぶりをふって、平蔵をすくいあげるように見返した。

お篠の唇は端がきゅっとつぼまって、上に切れあがっている。すこし厚めの唇がおののきながらひらいていた。

細い腰をひきつけて、その唇を吸いつけると、お篠は爪先立ちながら、平蔵の背中に両腕をまわしてすがりついてきた。

平蔵はゆっくりと腰をかがめ、お篠の躰をすくいあげた。

お篠は抱えられたまま、両腕を平蔵のうなじにまわし、ぐたりと全身をゆだねてきた。

湯あがりのお篠の肌のぬくもりが、平蔵の五体を奔流（ほんりゅう）する血を沸々（ふつふつ）と滾らせた。

そのまま平蔵は奥の間に足を運び、隣室に向かうと、お篠をかかえたまま腰を落として蚊帳をくぐった。

五

抱きかかえたお篠を蚊帳のなかに敷かれてあった敷き布団のうえにおろした。

お篠はみじろぎもせず、霞がかかったようなまなざしで平蔵を見あげた。

胸のふくらみがおおきく波打っている。

かたわらに添い伏しし、帯の結び目に手をかけると、お篠は躰をよじり、片手でせわしなく結び目を解いて、するすると帯を抜きとっていった。

お篠は着物を肌着と重ねあわせると、するりと肩からはずし、腕を袖から抜きとっていった。

ふたつの乳房のふくらみが胸の高鳴りをしめすようにおおきく息づいている。

そのかたわらに添い寝すると、手をのばして二布(こしまき)の紐をほどいた。

お篠は黒々とした眼差しで平蔵を見あげていた。その腰に手をかけ引き寄せると、平蔵はゆっくり二布をはずしていった。

お篠は羞じらうように目をとじ、すこし腰を横に捻(ひね)った。

ふたつの臀のふくらみにつづくのびやかな太腿、くの字に折り曲げた膝からのびた白い脹ら脛、そのどれもが魅惑にみちていた。

肩に手をかけ、静かに仰向きにさせた。

お篠の白い胸がおおきく起伏している。

平蔵は半身を起こし、掌で乳房のふくらみをつつみこんだ。

ふくらみは掌にすこしあまるほどのおおきさだったが、弾力にみちみちていた。

色づきはじめた茱萸(ぐみ)の実のような乳首が掌のなかで粒だってしこっている。

お篠の喘ぎがせわしくなり、かすかに震える瞼をとじた。

蚊帳の向こうにある行灯の淡い光がさしこんでいるものの、蚊帳のなかは薄暗い。その薄闇のなかにこんもりとしたふくらみと、ひそやかなくぼみをもつ女体が息づいていた。

この世でもっとも美しいものがそこに惜しげもなくさらされている。

そのかたわらに寄り添うと、そのふくらみを、くぼみを掌でなぞった。

平蔵の双眸に獣の雄が放つ、むさぼるような凝視が煌(きら)めいた。

かすかに汗ばんでいる湯あがりの肌から、かすかに甘い芳香がする。

それは木犀草(もくせいそう)が初夏に咲かせる、白いちいさな花弁が放つ芳香を思い出させる匂いだった。

くびれた腰につづく、なめらかな腹に刻まれた臍のくぼみ、はずむような肉にみちみちた太腿、その太腿の付け根には秘毛におおわれた狭間(はざま)がひっそりと隠れていた。

ほっそりして見えるが、お篠はどんな男をも魅了する女体の持ち主であった。

お篠の内腿はなめらかで、しっとりした湿り気を帯びていた。平蔵の手が内腿の付け根にひそむ女の秘奥を探りあてると、お篠の全身が、びくっと鋭くおののいて跳ねた。

両腕をおおきくひろげて、せりあがり、平蔵の顔をつつみこもうとした。

芳香がひときわ強くなったようだった。

お篠は平蔵を迎え、おずおずとためらいがちにひらいたが、躰は間断なく小刻みに震えつづけていた。

受け入れたとき、お篠はちいさな声を放ち、平蔵のうなじに腕を巻きしめ、懸命にすがりついてきた。

平蔵の律動にこたえて、お篠はおどろくほど強靱（きょうじん）に女体を撓（しな）わせた。

平蔵には若いころから立身出世したいという欲はなかった。

また金銭にも恬淡（てんたん）な性分だったが、幼いころに母を亡くしたせいか、女体への関心は人一倍強かったような気がする。

剣術にのめりこんだのも、そのせいだったかも知れないと思う。なにかに打ち込んでいないと、若い肉体は気が狂うほどに女体を渇望してとどまることを知らない。

かつては、ただ、闇雲（やみくも）に女体を追いもとめていただけだったが、やがてそれだけではむなしくなってきた。うつろな女体に躰を埋めても、果てればなにも残らなかった。

ともにいるだけで、身もこころも満たされる、そんな女をもとめつづけてきた。

平蔵は女の器量にはそれほどこだわらなかった。いくら美人でも器量を鼻にかけるような女、家柄や禄高を背中にしょっている権高（けんだか）な女も願いさげだった。

あっさり神谷家を出て叔父の養子になることにためらいがなかったのはそのこともあったからだ。

長屋の一人住まいは侘(わび)しいが、おのれの好きなように生きるのが性にあっていた。

これまで何人もの女と臥所をともにしてきたが、交わりを強いたこともないし、ましてや力ずくで犯したことは一度もなかった。

また、事情があって去っていく女を追いかけたこともない。

昨日、九十九の太佐衛門から文(ふみ)が届いた。

平蔵が飛脚便で送った離縁状への礼と、それを受けて一族の合意のうえ、奥村寅太を波津の婿(むこ)に迎えることになったという知らせであった。

——ひとくぎりついた……。

こころのなかに、どこかでひきずっていたものが、ふっきれたのだ。

だが、このことは、まだ、お篠には告げてはいなかった。

そんなこととはかかわりなく、お篠におのれの本音をぶつけたかった。

男と女は本音と本音のぶつけあいでしか、生身のこたえは得られないものだ。

よけいなものはかなぐり捨てて、生身の男と生身の女がたがいをぶつけあうしかない。

今夜は何かに突き動かされるように躰がおのずから動いたようだった。

そして、それがまちがってはいなかったことを、お篠を抱いてみて確信した。

お篠は平蔵がもとめるすべてのものをもっていた。

こころばえや身ごなしのよさは躰をあわせる前からわかっていた。

そして、その女体はすみずみにいたるまで魅惑にみちあふれていた。

第八章　火種の女

一

平蔵は腹這いになったまま、頬杖をついて耳かきを使っていた。

かたわらにお茶うけの煎餅をいれた皿と盆がおいてある。

煎餅をバリバリ齧りながら屋根庇の向こうにひろがる空を眺めた。

昨夜の驟雨が嘘のように、今日は雲ひとつない青空だった。

流し台の前で、お篠が矢絣の単衣物を腰までたくしあげ、前かがみになって髪を濯いでいるのが見える。

今朝、お篠は平蔵が目覚める前にはやばやと団子坂下の長屋までいって、当座の着替えや肌着を風呂敷に包んで運んできたのだ。

赤い二布の下からのぞいている白い脹ら脛がなんとも色っぽく、みずみずしい。

——ふうむ……。

平蔵は耳かきを盆におくと頬杖をついたまま、お篠の後ろ姿を観賞することにした。

「なに、見てらっしゃるんですか……」

うつむいて髪を濯いでいたお篠が、脇の下からさかさまになったままの顔をふりむけて睨(にら)んでいた。

「うむ。いや、いい女だなと思ってな。見惚(みと)れていたのさ」

「もう、なに、おっしゃってるんですか」

くすっと笑うと、また身をかがめ、髪を濯ぎはじめた。

平蔵はむくりと腰をあげると、板の間を抜けて土間におりたち、お篠を背後から両腕ですくいあげた。

「ちょ、ちょっと……」

もがくお篠を抱えたまま、土間にあがり、奥の間に運んだ。

ゆっくりとお篠を畳に仰臥(ぎょうが)させると、かたわらに寄り添いながら、片腕を腰にまわして引き寄せた。

「へいぞうさま……」

お篠の声が掠(かす)れた。

まだ濡れている洗い髪が上気した頬にまつわりついている。

洗い髪をはらいのけて、口を吸いつけると、矢絣の胸をひらいて乳房をさぐりとった。

お篠の息づかいがせわしなくなり、そっと瞼(まぶた)をとじた。睫毛(まつげ)がかすかに震えている。

お篠は膝をくの字に曲げて、腰を横に捻(ひね)った。矢絣の裾がめくれ、赤い二布が割れて、目にしみるような白い太腿がのぞいた。

「そなたは素顔のままがいいな」

「でも、それでは……」

「よけいな飾りはいらぬよ。ありのままのそなたがいい」

お篠がためらいがちに腕をのばし、平蔵のうなじを巻きしめてきた。

二

平蔵が井戸端で焼き塩をつけた総楊子(ふさようじ)でせっせと歯を磨いていると、裏口からのそりと伝八郎が姿を見せた。

「なんだ、なんだ。いまごろ歯磨きかね」

にやりとして、あたりを見回した。

「ところでお篠どのの姿が見えんようだが、買い物にでもいったのか」

なにやら物足りない顔をしている。

――ちっ、お篠は見せ物じゃないぞ。

歯を磨きながら、このずうずうしい親友を睨みかえした。

伝八郎はううんと両腕をのばして、大あくびすると縁側にどすんと腰をおろし、にやりとした。

「おい……きさま、もしかしてお篠どのに手をだしかけて逃げられたんじゃあるまいな。ン?」

平蔵、ぺっとしょっぱい唾を吐き捨てた。

「なにをぬかしやがる。きさまじゃあるまいし……」

「ふふ、どうだか怪しいもんよ」

縁側においてあった皿から煎餅をつかんでバリバリ囓りながら、目をすくいあげた。

「ところで、きさま、お篠さんとはどうなんだ。ええ……」

「どうとはなんだ」

「それよ、なにせ、波津どのが九十九に里帰りして、はや一年近いだろうが。きさまのような男が、そうそう女なしではいられんだろうということよ」

伝八郎、ウンとうなずいて、したり顔になってほざいた。

「な、おまけにだ。お篠どのほどの美人がひとつ屋根の下でうろちょろしてりゃ我慢もできなくなろう。手もでりゃ、足もでようというもんだ」

平蔵、腹のなかで笑いをこらえて、涼しい顔をしてみせた。

「なにをいうか。きさまとちがって、おれは品行清浄、無垢なもんよ。むやみとおなごの臀を撫でたりはせん」

「おいおい、きさま、そんな呑気なことをほざいておっていいのか」

伝八郎、ムキになって口を尖らせた。

「あれだけのおなごはめったにおらんぞ。なにせ、器量はよし、気立てはよし、おまけに心遣いもこまやかだし、かつ、いまが旬の女盛りときておる」

口角泡を飛ばしかねない勢いでけしかけているところにカラコロと下駄の音を響かせて、お篠が青々と葉を茂らせた羊歯の釣り忍の鉢をかかえて土間を抜けてきた。

「すみませぬ、おまえさま……髪結いさんに寄るつもりだったのに、つい釣り忍の担い売りのお爺さんに声をかけられて……ほら、涼しげでいいでしょう」

縁側にいる伝八郎には気づかず、甘えるように笑みかけ、井戸端の平蔵のかたわらにすりよってきた。

まだ洗い髪を柘植の櫛で、ざっくり巻きあげただけの素顔だった。

「おい、おまえに岡惚れしている飲み助の旦那がきておるぞ」

縁側であんぐり口をあいてポカンとしている伝八郎を目でしゃくった。

「え……」

振り向いたお篠が、途端に頬を染めてうろたえた。

「ま、矢部さま……」

「お。いやいや、気にせんでくれ」

伝八郎は目をひんむいたまま、洗い髪のお篠をまじまじと見つめた。

「もうしわけございません。いま、お茶をおいれしますから……」

お篠は釣り忍を平蔵におしつけ、下駄を鳴らして、小走りに逃げるように土間に駆け込んでいった。

「ふうむ、洗い髪のすっぴんも、また、風情（ふぜい）があっていいもんだのう」

ぼそりとつぶやいて、平蔵のほうにいぶかしげな探り目を向けた。

「たしか、いま……お篠どのは、きさまに、おまえさまといわなんだか」

「ふうむ。それがどうかしたか」

平蔵はすっとぼけて空を見やった。

「ははん。そうか、そういうことか」

伝八郎、ピシャリと頬をひっぱたいた。

「そうか、そうか。なんだ、きさまも人が悪いぞ。おい、きさま、いつの間におまえさまに昇格したんだ」

「しょうかく……」

「そうよ。おなごが男を、おまえさまと呼ぶときは、デキたあとと相場はきまっとる」

伝八郎、したり顔で親指と中指をちょこちょこくっつけ、にんまりした。

「いつだ。デキたのは……」

「こら、デキたとはなんだ。デキたとは……品下がったことをいうな」

平蔵、苦虫を嚙みつぶしてみたが、いつまでも隠しきれるものではない。

「ちっ！　ま、そういうことだが、当分はコレだぞ。コレ」

　口に指をあてた。

「九十九のほうは綺麗にカタがついた。そのうち仲間にはあらためて披露するさ」

　太佐衛門から届いた文のことを告げた。

「ほう。はやばやと婿がきまったのか」

「あっちは一日も早く、跡取りをきめたいのだろう。曲の本家は永代郷士の名家。婿は種馬のようなものだからな」

「種馬か……ふふふ、きさまは種付けが下手だからのう」

「ちっ、なにをぬかしやがる。アレはな、数打ちゃあたるというもんでもない」

「まぁな。おれもせっせと励んでおるものの、一向に命中せんからな。ふふふ、ま、そのほうが気は楽だがの」

「そうよ。おたがい跡を継がせたいほどの稼業でもあるまいよ」

「たしかにな。子ができりゃ、苦労がふえるだけのことだて……」

「ま、ともかく、まだ兄者や宮内どの、それにお篠の親御どのにも挨拶しておらぬから、それまではないしょにしておいてくれ」

「おお、いいとも……」

伝八郎はドンと胸をたたいてうなずいた。

「なにせ、おれは口の堅い男だからな。まかせておけ」

――やれやれ、口が堅いが聞いて呆(あき)れる。

三

「いやぁ、なにしろめでたい」

酒を目の前にすると、伝八郎の目尻は途端にさがる。

「なにせ、きさまがぐずぐずしとるうちにお篠どのがどこぞに嫁(とつ)ぎはせぬかと、おれは内心、ハラハラしちょったのよ」

お篠が急いで用意した酒肴(しゅこう)の膳を前に伝八郎は相好をくずし、上機嫌になっていた。

「お、これは味噌漬(みそづけ)豆腐ではないか」

伝八郎が膳の小鉢をのぞいてみて感嘆の声をあげた。

「こいつはおれの大の好物でな。いや結構、結構。これさえあればほかに肴(さかな)などなにもいらんぞ」

短冊に切った味噌漬豆腐を一切れ指でつまむと、パクリと口にほうりこんだ。

「ううむ。これはうまい……」

台所のお篠のほうを向いて讃辞の声をはりあげた。

「お篠どの。この味噌の風味もよし、漬かり加減もちょうどいいですぞ」

「ま、お気に召してようございました」

洗い髪を姉さまかぶりで隠し、襷がけしたお篠が青菜を刻みながら笑顔をふりむけた。

「昨日の夕方、お味噌に漬けておいたので、お味はどうかと思いましたが」

「なになに、至極の風味ですぞ。ウン」

伝八郎、さっきの失点をとりかえすべく、世辞にこれ努めている。

味噌漬豆腐というのは固めの豆腐を木型に入れ、重しをして半分ぐらいになるまで水気を切って固めてから布に包み、味噌のなかに漬けこんで、ほどよく寝かせたのち布をはずし、小口切りにして食するものだ。

手間がかかるが、ネタが豆腐と味噌だけだから店にだして売っても採算がとれない。

手間暇を惜しまない料理好きの女房だけが作る食い物だ。

水気がほどよく抜けた豆腐に味噌の風味がしみこみ、ねっとりした舌ざわりがあって飯の菜にもなるが、酒の肴にはもってこいの一品でもある。

昨日の夕方仕込んだというから、塚本の組屋敷に赤子の取り上げに出向く前ということになる。

あれから、随分、時がたったような気がしていたが、まだ、丸一日とたっていなかったのだ。

——ははぁ、味噌漬豆腐ができあがるあいだに、おれと、お篠がデキたということか……。

「おい、なにをにやついておる。怪しいぞ。さては思い出し笑いか……」

握り拳（こぶし）のあいだから親指の先をちょこっとのぞかせ、声をひそめた。

「こっちも、よほど味よしらしいの」

「こいつ……」

睨みつけたとき、玄関から訪（おとな）う声がした。

「あら、おまえさま、斧田さまが見えましたよ」

お篠がいそいそ小走りに玄関に駆けだしていった。

「うっぷ……またまた、おまえさまだとよ。もうバレバレのようなもんだ」

伝八郎がうれしそうな声をあげた。

四

「どうやら、ちと厄介なことになりそうなのだ」

暑がりの斧田はひっきりなしに扇子を使いながら座りこむと、渋い顔になって懐から袱紗に包んだ鼈甲の櫛をとりだした。

「うむ？　というと、櫛の出所だけはわかったということか」

「ああ、西海屋め、ハナはいい渋ったが、殺しがからんでいる事件だと脅したら、やっと口を割りよった」

斧田はぐっと背をかがめて声をひそめた。

「例の娘の名はお美津といってな。阿能家の内女中だったよ」

「ほう、やはり武家屋敷に奉公していた娘だったんだな」

「それに研師に刃曇りのある刀を研ぎにだした侍の素性もわかった」

「櫛の出所とおなじだったんだな」

「ああ、音羽に阿能家という旗本の屋敷がある。刀を研ぎに出したのは阿能家の若党頭で山村敬四郎という男だ」

「そいつが江戸川橋の屍体の下手人か」

「ま、そういうことになるが、町方が手出しはできん」

「じゃ、神谷の兄者の出番だのう」

「いや、いくら御目付でも手はだすまいよ」

斧田は渋い目になった。

「阿能家の殿さまはな、光茂といって禄高は五千五百石、いまは病身らしく無役の寄合席だそうだが、三河譜代のとびきりの家柄だ」

「五千五百石……そいつは、また」

伝八郎が目をひんむき、唸り声をあげて平蔵を見た。

「ああ、斧田さんのいうとおりだろう。五千五百石といえば大名並の格式だ。大目付でも動かんかぎり無理だろうな」

「ふふっ、世の中、無理が通れば道理もひっこむってやつよ」

斧田は箸をのばして味噌漬豆腐を口にほうりこみ、ン、と目を細めて舌鼓を打った。

「ううむ。こいつはうめぇ……」

台所のお篠のほうにちらっと目をしゃくってみせた。

「お篠さんの手作りかい」

「ああ、昨日、漬けこんだ出来たてのほやほやだそうだ」

「ほう。味噌漬豆腐もデキたてなら、こっちもデキたてだろう」

にやっとして片目をつぶり、マメ握りの拳をぬっとつきだした。

「ほう、さすがは八丁堀だのう……」

伝八郎がうれしそうに相槌を打った。

「おい、神谷。観念しろよ。さっさと白状しちまうんだな」

「ちっ……」

「ふふふ、いいってことよ。隠しても隠しきれねぇのが色事よ」

味噌漬豆腐を口のなかでもぐもぐさせ、斧田は目を細めた。

「いい味だ。風味もよし、舌触りもよし、よくこなれてるぜ」

ウンとうなずいて箸をおいた。

「その阿能光茂って殿さんが手をつけたのはお美津って女だけじゃない。何人もいるが、みんな奥方のお簾の方の悋気にふれて追い出されたらしい」

斧田は声をひそめた。

「それに、いま、屋敷の連中が目の色変えて追いかけてるのはお妙ってぇ女中よ」

「ほう……」

「お妙って女の身元請け人は下目黒村の真妙寺とかいう寺の住職で仙涯和尚というらしいが、その和尚にも行方はわからんらしい」

「ふうむ？」

「なんでも、光茂ってぇ殿さんの子を身籠もって宿さがりしたらしく、奥方が許せんというんで家中の者がしゃかりきになって探しまわってるらしいぜ」

「許せんとはどういうわけだ。殿さまの子だろうが……」

「ははぁ、さては奥方は殿の子が産めなかったんだな」

「ま、そういうことだろうよ」

斧田は苦い顔になった。

「とにかく町方の出る幕じゃねぇのさ」

「おい、下目黒村といえばお師匠の隠宅の近くだぞ」

「うむ。しかも、その妙というおなごの身元請け人の仙涯和尚というのは、たしか師匠の囲碁友達だぞ」

平蔵と伝八郎は思わず顔を見合わせた。

「おお、そうそう……」

斧田が味噌漬豆腐を口に運びながら膝をポンとたたいた。

「なんでも、松並主膳とかいう阿能家の家老が、そのお妙という女と赤ん坊の始末をまかせた刺客というのが馬庭念流の腕利きだとよ」

「なにぃ、馬庭念流……」

「もしかすると、そいつ、疋目十郎太と伏木惣六という物騒なやつらじゃないのか」

平蔵の問いかけに斧田がおどろいたように目を剝いた。

「おぬしら、疋目十郎太や伏木惣六と知り合いか……」

「冗談じゃない。これだよ、これ」

平蔵が文机においた文箱から秘戯画をとりだして斧田に渡した。

「見ろよ。その色っぽい女の相手をしておる男が伏木惣六という剣術遣いだろう」

「お……」

「断っとくが、その絵師に手鎖をかけるようなことはせんでくれよ。その絵をおれにくれたのは患者だからな」

「見損なわないでもらいたいな。おれはそんな野暮じゃねぇよ」

斧田は口を尖らせながらも舌を巻いた。

「それにしても、うめぇもんだな。おたかってぇ莫連女も、伏木惣六もそっくりだ」

伝八郎が顔を突っ込んできた。

「あらためて見ると、神谷家の蔵にあった絵よりもぐんと迫力があるのう」

「あたりまえだ。室町時代の絵師より、いまの絵師のほうが筆遣いがこまやかになっているからな」

「神谷さん。こいつはおれがもらってくぜ」

斧田がにやりとして懐にねじこんだ。

「おい……」

「ふふ、心配いらん。女房とおねんねするときの目保養にするだけよ」

ぴしゃりと頬っぺたをひっぱたいてサッと腰をあげた。

お篠が徳利と烏賊の塩辛を運んできて、「あら、もうお帰りですの」と目を瞠った。

「ほう、うまそうな塩辛ですな」

指でちょいとつまんで口にほうりこみ、

「いいねぇ。こいつもご新造の手作りかな」

「え……」

「ふふ、今度くるときはひとつ、ご新造に祝儀を用意してこなくちゃな」

「え……」

お篠が耳朶（みみたぶ）まで真っ赤に染めて、棒立ちになってしまった。

五

斧田が帰っていったあと、平蔵と伝八郎はしばらくは酔いもさめてしまったように顔を見合わせた。

「下目黒村か。なにやら嫌な予感がするな」

「うむ。おまけに妙って女の身元請け人が師匠の知人とくりゃ……」

「うむ。ま、お師匠のことだ。そう案じることはあるまいよ」

「しかし、それにしても、阿能光茂ってえ殿さんも罪つくりなことをするよなぁ」

「しかし、奥方に子ができなきゃ、五千五百石の跡目をつくるために若い側女中にいくら手をつけても、家中のだれも文句はいえないところだぞ。月光院さまも元は大奥の女中だったたんだからな」

「いいのう。おれもそういう身分になってみたいもんだ……」

「ふふ、きさまならたちまち内女中を総なめにして赤子をわんさか産ませるだろうな」

「おうさ。まず七、八人……いや、そんなもんじゃきかんだろうよ」

伝八郎、ドンと胸をたたいてみせた。

平蔵のかたわらに座っていたお篠が袂で口元をおさえ、忍び笑いした。

「おっ……お篠どの、このことは育代にはないしょですぞ」

「さぁ、どうしましょう」

お篠はおもしろそうに目を笑わせたが、すぐに片手をふってみせた。

「大丈夫ですよ。そんな野暮なことはいたしませんから」

そういうと座を立って台所のほうにひきさがっていった。

「それにしても、わからんのは阿能家の家来や老女だな」

平蔵が首をかしげた。

「奥方が妬心を燃やすのはいいとしても、奥方が世継ぎを産めなきゃ、ふつうは家老や老女がこころばえのいい女を選んで側女にすすめるものだぞ」

「ああ、そりゃそうだ。大身旗本なら世継ぎがいようがいまいが、見目よい女が側にいりゃ手をつけたくもなるさ」

「それが、せっかく妙という女が身籠もったというのに宿さがりさせたり、男の赤子を産んだというと刺客まで雇って始末しにかかろうとするんだ」

「おお、そこんところは斧田さんもなんにもいわなかったな。あれだけ鼻がきく男なら臭いと気がつくはずだが……」

「おい。この一件の眼目はどうやらそこんところにあるような気がするぞ」

二人はもともと好奇心旺盛な性分だけに、なにやら町方同心になったような気分になってうなずきあった。

お篠が裏庭のほうに出ていくのを見送って伝八郎が声をひそめた。

「ところで、その、笹倉さんが助けて検校屋敷にかくまっているお美津とかいうおなごも美形なのか」

「そうだな。器量は十人並というところだが、肉づきは悪くなかったな。見たところ、まだ二十歳をちょいとすぎたぐらいの娘だよ」

「ふうむ。いずれにせよ、おなごを追いかけまわして殺そうとするなど武士の風上にもおけんやつらだな」

忘れていたように手にしていた扇子でバタバタと胸元に風をいれた。

「それにしても糞暑いのう……」

ついでに腰にぶらさげていた手ぬぐいを鷲づかみにして襟をおしはだけると、ゴシゴシと皮がむけそうなほど毛むくじゃらな胸板をこすりはじめた。

汗っかきの伝八郎は首筋から胸まで汗が噴き出している。

平蔵も団扇を使いながら、洗濯物を干しにかかったお篠を眺めていたが、ハタと団扇の手を止めた。

「おい、そりゃそうと、その美津というおなごのことは笹倉さんにも早く知らせてやらなきゃならんな」

「おお、そうだの……よし、おれもいっしょに行こう」

伝八郎は味噌漬豆腐を一切れ、ぽいと口にほうりこんで腰をあげた。

「よし、柳島まで歩くのはちと遠い。川筋に出て猪牙舟でも拾ったほうがいいな」

平蔵も団扇を置いて腰をあげた。

「おい。ちょっと出かけるぞ」

「はい、ただいま、お支度を……」

襷がけの紐をはずしながら、お篠が小走りに駆け寄ってきた。

お篠の額や胸元にも汗がにじんでいる。

いそいで姉さまかぶりの手ぬぐいをはずしかけたお篠の二の腕がまぶしいほどに白く艶やかだった。

第九章　賭ける女

一

篠山検校の屋敷は柳島村にある。

鬱蒼とした森をとりこんだ広大なもので、白く塗られた土塀に四方をかこわれている立派なものだった。

検校が住まう母屋から廊下でつづいている離れの二間には、いま笹倉新八と佳乃が暮らしている。

まだ祝言こそあげていないが、臥所もともにしているし、屋敷の者もそう見ていた。

母屋から離れて建てられている長屋は屋敷で働いている二十数人の男女の住まいにあてられていた。

母屋に近い長屋には独り者の男女を住まわせ、もう一棟には夫婦者が暮らしている。

独り者の長屋は寝部屋が一間あるだけだが、夫婦者の長屋は二間と煮炊きができる、ちいさな台所がついていた。

独り者は母屋の囲炉裏端で三食とも食事し、夫婦者は朝夕の飯はそれぞれの長屋で煮炊きして食べ、昼飯だけは母屋で食べることになっていた。

厠は長屋の端に一つずつあって、男の小便用の便器と、男女共用のしゃがみ便器がついている。

男女の風紀はおおらかなもので、夜這いする者もいれば、誘いあって外出する者もいた。

それぞれが仕事ぶりに応じて給金をもらい、そのなかから食費を出すことになっているので残りの銭は小遣いに使える。

家賃はタダだから、ここから出たがらない者が多かったが、町暮らしをしたい者は検校が許せば認められるし、仕事の世話もしてくれた。

ここは検校がつくりあげた、ちいさいがひとつの町のようなものだった。

笹倉新八は男たちの面倒をみることになっていて、佳乃は検校と女たちの世話をすることになっていた。

佳乃は算用にも明るく、帳簿に金の収支を記入する役目もしている。

お美津は怪我もほとんど治癒し、独り者の長屋で起居していたが、まだ働くまでにはなっていなかった。

その日も、お美津はひとり長屋で佳乃に頼まれた針仕事をしていた。

お美津は長屋の女たちのなかでも年は若いし顔立ちも悪くなかったから、独り者の男から誘いをかけられることもあったが、受け流して相手にしなかった。

――わたしは五千五百石のお殿さまのお情けをうけた女だもの……。

そのことが、どうしてもお美津の頭にこびりついて離れなかったからである。

――そちのことは悪(あ)しゅうはせぬ。

阿能光茂はそうささやきながら、お美津を優しく愛撫してくれた。

――お殿さま……。

あのときのことを思い出すと、いまでも躰が火照(ほて)ってくる。

お美津は針の手を休めて、しばらく放心したように黄昏色(たそがれいろ)に染まりつつある西の空に目を泳がせた。

そのとき、台所で下働きをしているおうめという婆さんが顔をだした。

「ねぇ、あんた。いま、お使いから帰ってきたら立派なお侍さんがこれをあんたに見せてくれって……」

懐（ふところ）から黒漆塗（くろうるしぬ）りの印籠（いんろう）を取りだして、お美津に渡した。

「お侍さまが……」

「そう、なんでも王子のお屋敷からわざわざ見えたそうだよ」

「え……王子から」

お美津の胸がふいに早鐘（はやがね）を打った。

王子の屋敷といえば阿能光茂が養生している別邸のことである。

――もしかしたら……。

いそいで印籠を手にとって見ると、まぎれもなく阿能家の家紋である抱桔梗（かかえききょう）が金泥（きんでい）ではいっている。

――お殿さまだ……。

「その御方、どこに……」

お美津はもう気もそぞろだった。

「門の前の通りにいなさるよ。三つ紋つきの黒い羽織着て……」

「ありがとう、おうめさん」

お美津は下駄を突っかけると脇の通用門に向かって小走りに駆け出した。

二

隅田川から本所深川を横切って流れる三つの太い運河がある。

竪川はその三つの運河の中央に位置し、両国橋の南から東にむかって折れ、江戸と房総をつなぐ物流の要衝になっている。

川筋はまっすぐに貫かれていて、上荷船や屋形船、猪牙舟、肥舟などの舟が昼夜をわかたず間断なく行き交う。

篠山検校屋敷の船頭をしている大嶽は竪川はもとより北側の源森川や、南側の小名木川、仙台堀も熟知している。

——その日。

大嶽は検校屋敷に大金の融通を頼みにきた西国大名の勘定方の役人を江戸屋敷の近くまで猪牙舟で送りとどけて帰るところだった。

役人から駄賃に二分も心付けをもらい、上機嫌だった。

昨年、大嶽はおみつという女と所帯をもったばかりの新婚だった。

おみつは幸吉（こうきち）という乳飲み子を抱えて夜鷹（よたか）をしていた女で、篠山検校に引き取られ屋敷の長屋で女中をしていたが、大嶽はおみつが子連れにもかかわらず口説（くど）き落として女房にしたのである。

おみつは所帯をもとうとしていた相手が悪党に殺され、食うに困って夜鷹に身を落としたものの、気性は素直だし、肌もすべすべしていたし、脂（あぶら）がのった女盛りの躰をしていた。

幸吉も大嶽をほんとうのちゃんだと思って懐（なつ）いてくれている。

――この銭でおみつと幸吉の着物を古手屋で買ってやるべ……。

そんな胸算用をしながら猪牙舟の櫓（ろ）を漕いでいる大嶽の顔はゆるみっぱなしだった。

相撲（すもう）の力士あがりの大嶽は三十一になるまで女といえば転び芸者か、花街の娼婦しか知らなかった。

おみつは大嶽に初めて女体のもつ魅惑の奥深さを味わわせてくれた女だった。

――早く、この銭をおみつに渡してやるべぇよ……。

大嶽が櫓を漕ぎながら、竪川を北に折れ、検校屋敷の船着き場に向かっていたときである。

「ン、ありゃ、お美津さんじゃねぇか」

お美津は大名屋敷で内女中をしていた別嬪で、このあいだ笹倉新八と鰻の仕掛け針を引き上げにいったとき、船底に倒れていたのを助けて、屋敷でかくまっている女だ。

名前が女房とおなじおみつなので、日頃からなんとなく親しみをおぼえ、なにくれとなく気にかけて世話をしてやっていた。

その、お美津が屋敷の前に止めた塗り駕籠に乗ろうとしている姿が見えたのである。

駕籠脇には黒の紋付き袴をつけた上背のある侍と、もうひとり角張った顔のがっしり躰つきの侍がついてる。

——ありゃ、まともな屋敷勤めの侍じゃねぇな……。

むかしは大藩の抱え力士だった大嶽の目はふたりの風貌にただよう、なにやら険しいものを感じとった。

駕籠かき奴の四人の中間も、武家屋敷のお抱え者らしく印半纏をつけていたが、顔つきは流れ者の破落戸にしか見えない。

駕籠の後ろについている屋敷侍らしい男たちも胡散臭い目つきをしている。

「お〜い！　お美津さんよう。どこに行くんだねぇ！」

胴間声で呼びかけた。

その声が聞こえたらしく、お美津が駕籠に乗りかけ、大嶽のほうに目を向けた。

その途端、駕籠脇についていた角顔の侍が無造作にお美津に当て身をくれ、くたりとしたところを抱えこみ、駕籠に押しこんだ。

大嶽のほうを鋭い目つきで一瞥すると、角顔の侍は素早く駕籠の扉をしめ、駕籠かき奴をせきたてた。

四人駕籠はたちまち早駕籠のような勢いで川縁の道を旅所橋のほうに向かって遠ざかっていった。

——こいつはえらいこった！

ただならぬものを感じて、大嶽は急いで猪牙舟を近くの川岸に寄せると、棹を鷲づかみにし、舟を乱杭につないで石垣を一気によじ登り、棹を手に駕籠のあとを追いかけた。

「おおいっ！　そいつら人攫いじゃ！　拐かしじゃ！」

力士あがりの胴間声でわめきながら、大嶽はしゃにむに駕籠を追いかけた。

駕籠は旅所橋を西に渡っていったが、駕籠の後ろについていた数人の侍が立ち止まり、大嶽を待ち受けた。

「どけっ、どけっ！　どかんかい！」

大嶽はわめきながら棹を両手で鷲づかみにし、あたかも風車のように軽々とふりまわしながら突っ込んでいった。

一人の侍がよけ損ねて足を払われ転倒したが、仲間の侍が抜き打ちに棹を斬り払った。

棹が三尺ほど断ち切られたが、大嶽は残りの棹を片手づかみで振って侍の頭にたたきつけた。

「おのれっ！」

かたわらから襲ってきた仲間が踏み込みざま斬りつけた刃が、大嶽の左太腿をザックリと切り裂いた。

「ううっ……」

さすがの大嶽もたまらず横転した。

そのとき疾風のように後ろから駆けつけてきた笹倉新八が、飛び込みざま侍を肩口から抜き打ちに斬り捨てた。

「うっ……」

血しぶきをあげて、侍はたたらを踏みながら川に転落していった。

「大嶽っ！」

笹倉新八が大嶽のかたわらに片膝ついて抱き起こした。

「笹倉さん……お、お美津さんが」

「わかった、わかった。よけいな心配はするな。あとのことはおれにまかせろ」

「へ、へい……」

大嶽はうなずきながら、口をへの字にゆがめてぼそっとつぶやいた。

「なんだって、また、お美津さんは……あんな駕籠に乗っちまったんだろな」

そのとき、一艘の猪牙舟が川岸に横づけになって、平蔵と伝八郎が立ちあがった。

三

さいわい大嶽が太腿に受けた刀傷は肉を斜に斬り裂いただけで、大事な筋や骨は痛めていなかった。

平蔵は伝八郎と笹倉新八の手を借りて大嶽をおおきな油紙を敷いた上に横臥させ、佳乃に傷口を焼酎で消毒させつつ、縫合した。

おおきな傷を受けた直後の縫合は神経が麻痺（まひ）しているため、痛みはほとんど感じないものだ。

大嶽はもともと弱音は吐かない男だから、身じろぎもせずおとなしくしてくれていたので、縫合は四半刻（三十分）とかからずにおわった。

女房のおみつのほうが青ざめた顔で幸助を抱きしめながら、気遣わしげにひたと見守りつづけていた。

傷口に血止めと、創傷にきく膏薬（こうやく）を丹念に塗り込み、晒（さら）しの布で人の二倍も三倍もありそうな大嶽の太い腿を何重にも巻きつけて治療をおえた。

佳乃に飲み薬の処方をいくつかいうと、屋敷にあるというので痛み出したときの痛み止めと化膿（かのう）止めの薬の服用どきをそれぞれ指示しておいた。

笹倉新八が調べたところ、おうめという下働きの婆さんが使いから帰ってきたところを紋付き羽織に袴をつけた侍に呼びとめられ、家紋いりの印籠をお美津に見せ、表に呼んでくれぬかと頼まれたのだとわかった。

「ちっ！　婆さん、銭をつかまされたな」

伝八郎が舌打ちした。

「さよう。一分もらったそうです」

笹倉新八が苦笑いした。

「一分！　それじゃ婆さん、押し込みの手引きだってしかねんの」

「まさか……侍の身なりと印籠にだまされたんでしょうな。いちおう、今後のために叱りつけておきましたが、悪気があったわけでもないので勘弁してやってください」

「いいさ、お美津のほうも印籠を見ていそいそ出ていったんだから、お美津にも責めがある。おおかた阿能の殿さまの使いだと思ったんだろうよ」

「ちっちちっちっ！　抱かれた女の弱みか」

「ま、そういうところだろうが、その角顔はおそらく伏木惣六という男だな」

「まず、九分九厘……」

笹倉新八は口をゆがめて吐き捨てた。

「口のうまい男だそうだし、阿能家の出入りの剣客ですからな」

「じゃ、お美津という女、阿能の屋敷にかつぎこまれたのか」

「そいつはわからん。途中で始末されてしまったかも知れぬ」

「そこのあたりの探索は斧田さんに頼むしかあるまい」

「ええ。わたしも、あのあたりには知り合いもいるんであたってみますよ」

「あまり深入りしないほうがいいぞ。なにしろ、お美津は自分で出ていったんだ。いわば自業自得だ」

平蔵は厳しい眼差しになった。

四

――その夜。

平蔵が佳乃の用意してくれた酒肴(しゅこう)を馳走になり、検校屋敷が頼んでくれた町駕籠に乗って千駄木にもどってきたのは五つ（八時）ごろだった。

今夜は満天の星空に月までが明るく夜道を照らしている。

団子坂の上で駕籠を止め、心付けを一朱ずつはずんでから帰した。

物いりになったが、本所から歩いて帰ることを思うと安いものだ。

自宅の門前まで来てみると、家のなかから赤子の泣く声が聞こえてくる。

しかも、赤子をあやす女の声までする。

お篠の声ではなかった。

平蔵は戸惑いながら門の潜り戸をあけて玄関の土間に足を踏み入れた。

「ま、平蔵さま……」

炉端の板の間に片膝をついて大徳利から盃に酒をついでいたお篠が振り向いて、満面に笑みをうかべて迎えてくれた。

「おい。だれぞ来ておるのか」

「はい。夕方から首を長くして、お待ちかねですよ」

その声がおわらぬうちに、奥の間から佐治一竿斎がひょうひょうとした長身瘦軀を運んできた。

「これ、平蔵。か弱いおなごに留守居させて夜遅くまで出歩くとは何事じゃ」

「これは、お師匠……」

「ふふ、ま、よい。はようあがれ」

「は、た、ただいま……」

平蔵、だしぬけの恩師の来訪に戸惑いつつ、あたふたと草履を脱ぐと板の間に正座した。

「ひさしく、ご無沙汰をしていてもうしわけございませぬ」

「よいよい。堅苦しい辞儀など無用。さ、さ、まぁ、こっちに参れ」

どうやら、お篠の酌でほろ酔い気味らしく一竿斎は上機嫌のようすだった。

――いったい、どういうことだ。

首を捻(ひね)りながら奥の八畳間に足を運んだ平蔵を、赤子を抱いた若い女が身をすくめるようにして見迎えた。

赤子はもう泣きやんだらしく、つぶらな目を平蔵に向けながら指をしゃぶっている。

女はつましい百姓女のような身なりだったが、赤子を抱いたまま折り目ただしく片手をついて挨拶をした。

「妙ともうします。お留守中にお邪魔をしてもうしわけありませぬ」

「あ、いや、それがしは佐治先生の弟子で神谷平蔵ともうす者。そのようなお気遣いは無用になされ」

お妙は躰は小柄だが、腰まわりや胸乳も豊かで、きちんと正座した太腿も厚い。いかにも優しげな丸顔をしていて、双眸(りょうめ)が澄んでいる。

髷(まげ)も結わず、丈長(たけなが)の髪を無造作に紐(ひも)でくくり、櫛(くし)で束ねているだけだった。

「平蔵。このお妙と赤子の身柄をしばらくそちに預かってもらいたいが、どうかな」

「は……」

予想だにしなかったことだけに、平蔵は一瞬戸惑いをおぼえたが、一竿斎の双眸はひたと平蔵を見つめている。

「かしこまりました」

平蔵は迷うことなくうなずいた。

「うむ。そちならば引き受けてくれると見込んで出向いてきたのじゃ」

一竿斎は満足そうにうなずくと、お妙に目を移した。

「お妙。この平蔵はわしの門弟のなかでも剣を遣わせれば右に出る者はない男じゃが、医者もしておるゆえ、文太が熱をだしたり、腹病みになってもまかせておける。なにせ、碑文谷村にはろくな医者がおらぬゆえな」

「はい。ご迷惑をおかけいたしますが、よろしくお願いいたします」

お妙は行儀ただしく深ぶかと頭をさげた。

身なりは貧しい百姓女のようだが、言葉遣いといい、物腰といい、武家のおなごのような品があった。

――そうか、この二人が阿能家が血眼（ちまなこ）になって探しまわっているおなごと赤子なのか……。

平蔵はまじまじとお妙と文太という名の赤子を見つめた。

――ただし、いま、そのことを口にすると、師匠はともかく、お妙が怯えるだろう。

しばらくは控えておくほうがいいだろうと思案した。

そのとき、お篠が平蔵の膳と盃を運んでくると平蔵のかたわらにつつましく座った。

そのお篠のようすを見やって、一竿斎はおおきくうなずいた。

「お篠さんともうしたかの。この妙とややこは平蔵に預けたゆえ、平蔵ともども面倒を見てやってくれよ」

「はい。わたくしでできますことなら、よろこんでお世話させていただきます」

「うむ、うむ。頼みましたぞ」

一竿斎は目尻に笑みをうかべて、平蔵を目でしゃくってみせた。

「この平蔵はの、ちょいと目を離すとなにをしでかすかわからぬ跳ね馬ゆえ、しっかと手綱をつかんでおくことじゃな」

「い、いいえ。わたくしはただ身のまわりのお世話をしているだけで……」

「なに、見ればわかる。平蔵めにだいぶん可愛がってもらっておるようじゃの」

「え……」

「ふふふ、隠さずともよい。おなごは愛しい男のそばにいると物腰や目にもうるおいが出てくるものよ」

「………」

お篠は逃げるに逃げられず、真っ赤になって身を竦めた。

「こやつの女房は里帰りして一年近くにもなる。もはや、女房とはいえぬわ。平蔵もさっさとけじめをつけることだの」

「は、まだ先生にはお知らせしておりませなんだが、すでに九十九の生家に籍をもどし、新たな婿を迎えることになったと文がありました」

「おお、ならばよい。この、お篠さんというおなごは見目もよいが、こころばえもなかなかのおなごじゃぞ」

「は……お眼鏡にかないましたか」

「おお、わしが太鼓判をおしてやるわ。うんと可愛がってやることだの」

「おそれいります」

どうも師は昔からあからさまにものをいう癖があると閉口した。

お篠は嫁入り前の小娘のように身をちぢめて羞じらっている。

「なにせ、平蔵はむかしから剣のおぼえも早かったが、おなごのおぼえも人一倍早かったからのう」

「あ、いや、お師匠……」

「ン、いまさら、とりつくろうてもはじまらんぞ」

「は、いかにも……」

　お篠は伏し目で平蔵をすくいあげ見て、袂(たもと)を口にあてている。

「わしはちと盛りがつくのが遅くてのう。五十の坂を越してから、お福を娶(めと)ったゆえ、おなごではだいぶ損をしたわ。ま、そのぶん、いまはせっせととりかえしておるところじゃて、はっはっはっ」

「いかにも、お福さまを娶られてからのほうが一段とご健勝になられたようにお見受けいたします」

「うむうむ、わしも汗臭い弟子どもを相手に竹刀(しない)をふりまわしているより、お福と睦(むつ)みおうているほうが楽しくなっての。碑文谷に隠居して、できればお福に子の二、三人も孕(はら)ませてみようかと、せいぜい気張ってみたが、これぱかりはうまくいかん」

　あっけらかんとした一竿斎のいいように誘われて、お篠も思わずこらえかねて、袂の陰で忍び笑いをもらした。

お妙も赤子を抱いたまま、含み笑いをもらしている。

お妙の腕のなかで赤子がとろとろと眠りはじめたのを見て、お篠は急いで腰をあげ、奥の間につづく六畳間に布団を敷き、蚊帳（かや）を吊りはじめた。

席を奥の八畳間に移して、お妙が赤子を寝かしつけにかかるため添い寝をしてやっている間に、お篠は台所で平蔵の膳をととのえにかかった。

奥の間にくつろいだ佐治一竿斎は盃を平蔵にさして、徳利の酒をついでくれた。

「お福はひさしぶりに母と会いたいというて、実家にもどっておるゆえ、わしも二、三日、ここに泊めてもらいたいが、よいかな」

「はい。それは、もう……」

「碑文谷村も悪くはないが、なにせ、ろくな食い物がないのが困りものでの。お福を可愛がってやろうにも、菜っ葉や大根ばかりでは精もつかぬて。はっはっはっ」

これには平蔵も、お篠も、お妙も笑いをこらえるしかない。

師は笑いとばしたあと、懐から胴巻をつかみだすと、そのまま平蔵の膝前に無造作につきだした。

「これは、わしらの当座の食い扶持（ぶち）じゃ」

「いや、先生。このようなお気遣いは無用にございます」

「なんの、貧乏医者のくせに遠慮せずともよい。そのかわり、うまい肴と酒を頼むぞ」

師はにやりとすると、胴巻を目でしゃくってみせた。

「は、では仰せのとおりにいたします」

「なに、たいしてはいってはおらぬよ。とっておくがよい」

むかしから言いだしたらきかないのが師の性分である。

平蔵は素直に胴巻を手にすると、そのまま、かたわらのお篠に手渡した。

「台所はそなたの領分だ。頼むぞ」

「はい。お預かりいたします」

「うむ。よう息がおうておる。夫婦(めおと)はそうでのうてはならぬ」

どこまでも上機嫌の師であった。

五

縁側においた蚊遣(かや)りの煙が夏のそよ風にゆったりとたなびいている。

間もなく五つ半（九時）ごろだろう。

台所からは、お篠が包丁を使っている音が聞こえてくる。

隣室の蚊帳のなかでお妙が赤子と添い寝しながら、とろとろとまどろみはじめた。

碑文谷から赤ん坊を背負い、佐治一竿斎といっしょに白金の正源寺まで歩いて、駕籠を拾ってもらって千駄木まで来たらしい。

気疲れも手伝ってか、添い寝しているうちにかすかに鼾までたてて熟睡したようだ。はじめは、ぐずついていた赤子もどうやら機嫌よく寝ついてくれたらしい。

お篠を呼んで境の襖をしめさせると、一竿斎と平蔵はひさしぶりに師弟で酒を酌みかわしながらくつろいでいた。

平蔵は隣室のお妙に聞こえないように声をひそめて、これまで阿能屋敷がひきおこした一連の不祥事を師に話した。

一竿斎も仙涯和尚から聞いたお妙の身にふりかかった出来事を語ってくれた。

語り終えると、一竿斎は腰から印籠をはずし、蓋をあけて錦織の守り袋をとりだして平蔵に手渡した。

「一昨年、妙が身籠もったとき、阿能の光茂殿から後日の証しにもろうたものじゃ」

「やはり、あの赤子は……」

「あけてみよ。なかに光茂殿の書き付けがはいっておる」

「よろしいのですか……」

「かまわぬ。おまえに身柄を預けるときめたとき、妙はすべてをおまえにまかせるというて寄越したのじゃ」

「では……」

　平蔵は守り袋の口紐を解いて、油紙に包んで、ちいさく折りたたんであった一枚の書き付けをとりだした。

　それは極上の和紙に墨痕も鮮やかに達筆で記された阿能光茂から妙あての、まぎれもない胎児の認知状であった。

　無事、出産の暁にはこれをもって光茂のもとに参るようにとしたためたあと、

――男子なら阿能家の世子に迎える。もし、女子なら光茂の子として阿能家で養育したのち、しかるべき家に嫁がせてもよし、さもなければ妙に禄五百石をあたえる。

　としたためられ、年月日が明記され、阿能光茂の花押まである。

「たしかに……」

元通りに折りたたみ、守り袋におさめて平蔵は師に目をそそいだ。

「光茂殿はよほど妙どのを大事に思うておられたのでしょうな」

「うむ……なればこそ、腹の子が目立ってくる前に宿さがりをするのを許されたのであろうよ」

一竿斎はホロ苦い目になった。

「光茂殿もよほど苦渋（くじゅう）されていたようじゃ」

「と、もうされますと……」

「光茂殿が奥に娶られたおなごはお簾というてな。吉宗公がまだ新之助（しんのすけ）という名で三万石の領地をあたえられておられたものの、四男坊で母御の身分が卑（いや）しいというのでだいぶんに粗略にあつかわれておられたころのことじゃ」

「これはまた、よう、ご存じですな」

思わず平蔵は目を瞠（みは）った。

佐治一竿斎は剣一筋で、世間の俗事の外に身をおいて暮らしているように平蔵は見ていたからである。

「ふふふ、こう見えても、わしは紺屋町の道場にいたころは大名家や旗本ともいろいろとかかわりをもっておったのよ」

——なるほど……。

数百人もの門弟をかかえるからには大藩や大身旗本の庇護がなければささえられないことは、平蔵も胴身にしみている。

小網町に矢部伝八郎や井手甚内と語らって無謀にも道場をひらいたものの、どのつまり磐根藩の肩入れなしでは到底ささえきれなかったことを思うと、師の苦労は一倍のものがあったにちがいない。

「いまも、それらの人との交わりは絶えてはおらぬ。老中のなかにも知己がおるし、大目付や若年寄とも親しい間柄じゃでの」

「これはおそれいりました」

「ふふ、そのようなことはどうでもよい」

一竿斎の双眸が鋭く煌めいた。

「よいか、光茂殿が娶られたお簾というおなごはの、吉宗公が新之助ともうされていたとき、つい若気のいたりで手をつけられたおなごのひとりじゃ」

「は……」

平蔵は思わず瞠目した。

──なんと、阿能家の奥方が、こともあろうに現将軍吉宗公のお手がついた女だったとは……。

これは厄介なことになるな、と平蔵は眉をひそめたが、師は淡々としたものだった。

「そのころの吉宗公は兄たちからもないがしろにされ、家臣どもからも粗略にあつかわれておったゆえ、憂さ晴らしに粗暴のふるまいがあったことはたしかじゃな」

「…………」

「お簾というおなごは細身で、可憐に見えるおなごだったらしい。ところがこころばえはなんとも我欲の強いおなごでの、手をつけたものの、吉宗公も嫌気がさされたのであろうなぁ。食禄五百石をつけて宿さがりになされたのよ……」

一竿斎は暗い目になって、吐き捨てた。

六

宿さがりしたお簾はほどなく、その美貌と五百石の食禄を看板にして紀州藩士に嫁いだものの、五年後に夫が病没すると、江戸藩邸にいた吉宗公に再婚先を頼みこんできたのである。

そのころ、吉宗は兄がつぎつぎに病没し、四男の吉宗が紀州藩主の跡目を継ぐという幸運に恵まれていた。

捨ておいてもいいようなものだが、吉宗も哀れと思ったのか、ひそかに腹心にお簾の嫁ぎ先を見つけるよう命じたという。

「それが光茂殿ということですか」

「うむ。わしも光茂殿の父御に剣を指南したことがあっての。一年ほど屋敷に通うたことがある」

「それは、また……」

「ふふふ、なに、奇遇といえば奇遇じゃが、べつにめずらしいことではない。わしが剣の手ほどきをした大名や旗本は数えきれぬほどあるわ……」

一竿斎はあたかも自嘲するかのように口をひん曲げた。

「剣術も、とどのつまりは世渡りの算用よ。そちのように医者の道をえらんだのは賢明じゃったと思うぞ」

「おそれいります……」

べつに深い考えがあったわけでもなく、亡父の遺志にしたがい、医者をしていた叔父夕斎の養子になっただけにすぎない。

「それにしても人のめぐりあわせとはおかしなものよな」

佐治一竿斎は盃を口に運び、苦笑した。

「わしが仙涯和尚と囲碁を打つようになったのは三年前からでな。むろんのこと、妙の顔も知らなんだし、もとより仙涯どのが妙に屋敷奉公をすすめたことも、阿能家に奉公したことも知らなんだ……」

目を隣室の襖のほうにしゃくった。

「もっとも、聞かされたところで、お簾の方のことなど何も知らなんだからの。阿能の屋敷ならよかろうとすすめたかも知れぬ」

「しかし、この守り袋の念書を見ると、光茂殿というおひとは誠実な人柄のように思えますが……」

「ああ、妙に聞いたところでは気性はごく優しいおひとのようじゃ。優しいゆえにお簾の方をもてあまし、しばらく前から病い養生のためと口実をつけて、王子の別邸で過ごしておられるそうな」

「というと、仮病ですか……」

「うむ。雪庵という御典医が父御のときからの昵懇で、うまいこと光茂殿と口裏をあわせてくれているというぞ」

一竿斎はにやりと目尻に笑みをにじませた。

「もっとも健勝でのうては妙にややを身籠もらせることもできまいよ。な、お篠どの」

「え。あ、はい、それは……」

お篠は目のやり場に困ったような顔になり、さしうつむいた。

「ま、ともあれ、妙にとっては、あの文太という赤子が命なのであろう……」

一竿斎は庭の闇に茫洋とした眼を向けた。

「おのれに万が一のことがあった時は、せめて文太だけでも助けられる道を残しておきたいと思うたのであろうな」

つぶやくようにそういうと、お篠に目を向けてひたと見つめた。

「おなごというのは赤子をもつと男もかなわぬ強い生き物になるようだの」

「………」

お篠は首をかしげ、ほほえみかえした。

「わたくしは、まだ子を産んだことがございませんので……」

「ならば、せっせと平蔵の臀をたたいて励むことだの」

「ま……」

お篠はうなじまで血のぼせると、そっと台所のほうに逃げ出してしまった。

七

台所でお篠が茗荷を刻んでいる後ろ姿を見やりながら、平蔵は声をひそめた。

「先生。かれらが命を狙っておるのは妙どのと赤子だけではありませんぞ。先ほど話した美津というおなごも……」

「うむ、その美津というおなごはどうやら妙の後釜だったらしいの。……ま、さしてめずらしいことでもないが、追っ手までかけるというのは正気の沙汰ではないわ」

「はい。いずれにしろ首謀者はお簾の方と、それに与する者の仕業のようです。でなければ宿さがりして一年もたってから、家中の者が探索にくるはずはありますまい」

「うむ。お妙や、その美津とかもうすおなごの怯えようを見ると、見つかれば二人ともただではすまぬとわかっているのであろう」

「…………」

「ふふ、たかが五千五百石など吹けば飛ぶようなものじゃが、家中の者どもにしてみれば五千五百石は命綱というところじゃろう。……まさに笑止の沙汰じゃ！」

佐治一竿斎は苦々しげに口をひん曲げて吐き捨てた。

「侍も堕ちたものです」

「なにが侍ぞ。侍を人偏に寺と書くのは常住座臥、死と隣りおうて生きておるからであろうが。だからこそ刀を帯びることを許されておる。……いまのさむらいなど、寺はおろか金に人偏をくっつけたようなもの、商人と寸毫もかわりはせぬ」

そのとき、お篠が茗荷と浅蜊の酢味噌和えを運んできた。

「おお、これはうまそうな」

「茗荷は今が旬でございますから、浅蜊と和えてみましたが、お口にあいますか、どうか……」

お篠はもうしわけなさそうに詫びた。

「おいでになりましたのが夕暮れ時でしたので、このような品しかおだしできず、もうしわけございません」

「なんの、茗荷も浅蜊もわしの大好物よ」

早速、箸をのばして口に運び、

「うむ、これはうまい。浅蜊が酢味噌とよう合うておる」

たちまち一竿斎の顔がほころんだ。

「平蔵。そちは幸せものよの」

「は……」

「ひとり暮らしで、さぞかし、むさい暮らしをしておるかと、お福と案じておったが、このようなおなごにかしずかれておれば、いうことはないのう」

「かしずくなどとそのような」

お篠がうろたえ気味に弁解したが、佐治一竿斎はこともなげに一笑した。

「なんの、まだ祝言はすませてはおらぬようじゃが、そのようなことはどうでもよい。もともと男とおなごはくっつきもの、合わせものゆえな。ウマがあいさえすれば、せっせと番うことじゃ」

「ま……」

「ふふふ、まごまごしておると盛りが過ぎてしまうからの。せっかくの楽しみを減らしてしまうようなものよ」

　お篠は師のあまりにくだけたもののいいように目を瞠っている。

「およそ犬や猫はもとより、蝶々(ちょうちょう)やバッタにしても盛りのときだけ番うものゆえ、盛りの時期はきまっておるが、人という生き物は四季を問わず睦みあえる。そこが人に産まれた幸せというものよ。のう、平蔵」

「は、いかにも……」

「ふふふ、こやつは臀の青いうちから、せっせとおなごの臀を追い回しておったゆえ、冷や汗をかいておるわ」

　一竿斎はカラカラと笑い飛ばした。

「ま、いずれにせよ、盛りがついているあいだは男もおなごも縒(よ)りあわせた二本の糸のようにくっつきあっておるが、盛りがすぎると、いつしかゆるんでくるものよ。それを無理に縒りあわせようとしてもはじまらぬ」

　師は鋭い眼差しを二人に向けた。

「よいか、縒りがほつれぬようふたりとも日頃から慈(いつく)しみあうことじゃな」

　師の言葉がずしりと平蔵の胸に響いた。

　そのとき、隣室の襖がそっとあいて妙がはいってきた。

「お、わしの声がおおきすぎて目を覚まさせてしもうたかな」

「いいえ……」

妙はほほえみながらきちんと正座すると、澄んだ目で一竿斎を見つめた。

「阿能のお殿さまは、いまも王子の別邸にいらっしゃるそうですね」

「うむ。それがどうかしたか……」

「わたくし、明日にも文太を連れて、お殿さまのところにまいろうと思います」

「なに……」

「それは、また……」

一竿斎と平蔵は思わず、顔を見合わせた。

お篠も息を呑んで、まじまじと妙の顔を見つめた。

「お目通りが叶うかどうかはわかりませんが、いつまでも皆さまにご迷惑をおかけするわけにはまいりません」

妙の表情も、声も怯えたところは微塵もなく、きわめて平静なものだった。

「でも、わたくしは今でも光茂さまを信じております。お優しい方ですが、芯はお強い方です。わたくしや文太を見殺しになさるような御方ではございませぬ」

きっぱりと言い切ると、妙は腹をくった者のみが見せる、爽やかなほほえみを頰にうかべた。

「うむ！　よう言うた」

佐治一竿斎は莞爾として膝をたたいた。

「光茂どのが、そなたに念書をあたえたのも、そなたの、その心根を見込んでのことだったにちがいない。のう、平蔵」

「はい。よくぞ申された。それがし、命にかえても妙どのと赤子を光茂どののもとにお連れいたします」

「おお、わしもともにまいるぞ」

佐治一竿斎は凜然としてうなずいた。

「妙の覚悟を聞いて、ひさびさに心魂が洗われるような心地がしたわ」

八

――夜半。

もう、とうに四つ半（十一時）を過ぎているだろう。

根津権現の森で梟の鳴く声が夜のしじまをつたわってくる。

平蔵と歓談していた佐治一竿斎も、ようやく床について、眠りについたころ、お篠はひっそりと終い湯を使っていた。

平蔵も師が寝つくのを待って、ひと風呂浴びて、玄関脇の三畳間で床についている。

お篠は台所で小鉢や皿などの洗い物をすませたあと、平蔵が床につくのを待って湯舟に浸かったのである。

湯屋の柱の懸け行灯の灯心がほのかな灯りをくゆらせている。

湯はすこしぬるめだったが、夏の入浴にはほどよい湯加減だった。

このところお篠は肌にも艶が出てきて、白い二の腕や、太腿は掛け湯を弾きかえすほど脂がのっている。

手ぬぐいでうなじや首筋、脇の下、乳房の谷間をゆっくり洗いながら湯に浸かっていると躰が溶けてくるような気がしてくる。

湯舟から腰をあげ、しぼった手ぬぐいで濡れた髪の水気を丁寧に拭いとって束ねると肩のうしろで紐できゅっと縛った。

桶をまたいで湯舟から出ると、一畳ほどの簀の子をおいた洗い場にしゃがんで糠袋を手にして首筋を磨きはじめた。

ふいに湯屋の戸がかすかに軋(きし)んで、浴衣姿(ゆかたすがた)の平蔵がぬっと入ってきた。

「…………」

お篠は息をつめて手ぬぐいを胸におしあて、ためらいがちにおずおずと腰をあげた。

「みんな、よう眠っておる……」

笑みをふくんでささやくと、お篠を見つめながらゆっくりと近づいてきた。

お篠は息をつめて、身じろぎもせずに平蔵を見迎えた。

「平蔵さま……」

掠(かす)れた声でつぶやくようにいうと、まじまじと見返した。

「ふうむ……」

平蔵はしばらく佇(たたず)んだまま、お篠の裸身を瞬きもせず凝視した。

「おなごの躰というのは、なんとも見目よいものだな」

満足そうにうなずいた。

「一度、そなたの生身の躰を見ておきたかった。臥所に寝ているそなたではなく、立っているそなたの、生まれたままの姿をな」

そういうと平蔵は腕をのばし、お篠が胸から腰にかけて秘所を隠すようにしていた手ぬぐいをつかんでゆっくり剝ぎとった。

懸け行灯のほのかな灯りが、お篠の胸の白い隆起に柔らかな陰影をもたらした。

「ううむ……」

平蔵の双眸が糸のように細くなった。

「そなたが一糸まとわず立っている姿を見たのははじめてだ」

「おまえさま……」

お篠の口がかすかに震えていた。

平蔵はゆっくりと浴衣を肩からはずして笊に投げこむと、両腕をのばしてお篠の躰をつつみこむように抱き寄せた。

「なに、案ずることはない。たかだか王子まで師匠と散策してくるだけのことだ」

なだめるようにお篠の背中を撫でおろし、撫であげた。

「よいか、そのあいだ、そなたは宮内どののところで待っていろ。あそこなら黒鍬組の者が大勢いるからな。ゆるりとくつろいでくるがいい……」

──それを、わたしに伝えたかったのだ。

そう、わかった瞬間、お篠は胸がきゅっと熱くなった。

「平蔵さま……」

「すまぬ。また、とんだ厄介事に巻きこまれてしもうたが、これも浮世のしがらみというやつだ」

「……………」

お篠はかすかにかぶりをふると、平蔵の胸にひしとすがりついた。

「なんの、ちょいと遠出してくるだけよ」

平蔵は赤子でもあやすようにささやくと、お篠の腰に手をかけて引き寄せた。

お篠の臀のふくらみは腰骨のあたりから、うしろにせりだしている。

平蔵はその弾力のある臀のふくらみを愛おしむように愛撫した。

脇腹からほっそりした腰から臀のふくらみを飽きることなく愛撫しているうち、ふいにお篠は全身のちからが抜けてしまったようにぐたりともたれかかってきた。

両手で脇の下と、膝の裏側をすくいあげて抱きあげると、そのまま、ゆっくりと簀の子に仰臥させた。

お篠の双眸が薄闇のなかで瞬きもせず、黒々と見あげていた。

唇がなかばひらき、息づかいがせわしなくなってきた。

油が切れたのか懸け行灯の灯心がチリチリと音をたて、ふっと火が消えた。

九

――半刻（一時間）後。

お篠はかたわらで健やかな寝息をもらしている平蔵の腕枕のなかで、いつまでも寝つかれずにいた。

暗い湯屋の簀の子のうえで、声を押し殺し、めくるめくときを過ごした余韻がお篠の全身に残っている。

――わたしは、声をあげなかっただろうか……。

懸け行灯の灯りが消えてしまったあとの湯屋の闇の深さが、お篠にふだんのつつしみを忘れさせ、大胆にさせたような気がする。

――恥ずかしい……。

そう思うものの、その羞じらいは深い歓びを秘めていた。

交わりをかさねるたび、平蔵はお篠に女体の官能の奥深さをもたらしてくれる。

お篠はそっと手をのばして、平蔵の胸にふれてみた。

厚く、たくましい胸が静かに鼓動しているのをたしかめるように頬をすりよせた。

平蔵が寝返りをうって、お篠の躰に片腕を巻きつけてきた。

ずしりと重い腕だった。

その重さがお篠の幸せの重さのような気がした。

すこし汗ばんでいる平蔵の匂いを胸いっぱいに吸いこんだ。

――平蔵さまは、きっと無事でもどってこられるにちがいない……。

そう、思った。

思いこむことにした。

――もし、このひとが……。

ふっと、不吉なことが頭のすみをよぎりかけたが、いそいで打ち消した。

そんなことは考えたくもなかった。

すやすやと寝息をたてている平蔵の眠りをさまさないように太くたくましい腕のなかにつつまれて、おおきな掌(てのひら)を乳房のうえにそっとおいてみた。

掌の重みが乳房に感じられる。

その重みがたまらなく愛おしい。

汗ばんでいる分厚い胸に頰をうずめているうちに、ようやく穏やかな睡魔が訪れてきた。

十

——おなじ夜……。

お美津はひんやりした土蔵の二階に造られた四畳半の角部屋の煎餅布団のうえで一糸まとわぬ姿で仰臥していた。

土壁に切られた小窓には頑丈な格子がはめられている。

板壁で仕切られた角部屋の唯一の出口も板戸になっている。

部屋の隅に着物をいれておく竹籠と黒漆塗りの御虎子、それに水のはいった土瓶がひとつあるだけだった。

御虎子は有無をいわせず、ここで糞尿の用を足せということだった。

竹籠にはお美津から剝ぎとった着物と肌着、それに腰布と帯紐、括り紐と白足袋がくしゃくしゃに投げ込まれている。

土蔵の扉には錠前がかけられている。

ここから逃げ出すことは不可能だった。

お美津は今や、なにもかも、あきらめきっていた。

ここが、どこかもわからない。

検校屋敷の前で駕籠に乗ろうとしたとき、大嶽の声が聞こえた。

振り向こうとした瞬間、腹を棍棒のような拳で一撃されたことまでは覚えている。

気がついたときは、この部屋に寝かされていた。

着物も腰布も剝ぎとられていた。

阿能光茂さまの使いの者だと名乗った侍がかたわらであぐらをかいて、酒を飲んでいるのが見えた。

――伏木惣六……。

そう男は名乗った。

気がついたとき、美津は伏木惣六に組み敷かれ、思うさま嬲りつくされていた。

その伏木惣六の見ている前で、お美津は御虎子にまたがって用を足した。

恥ずかしさなどは、もう、微塵も感じなくなっていた。

いまや、お美津は伏木惣六に飼い慣らされた白い獣のようなものだった。

これまで何度、この男に犯されたかおぼえてもいない。

伏木惣六は女体をむさぼることに貪欲で、かつ疲れを知らぬ体軀をもった男だった。

汗みどろになると伏木惣六は美津の躰を脇の下から、手足の指のあいだまで舌で舐めまわし、果ては股間に顔まで埋めてきた。

それでおわりかと思ったが、伏木惣六はなおも美津を離そうとはせず、美津の躰をうつぶせにさせ、獣が番うように犯した。

伏木惣六にいわせると、ここは阿能屋敷の松並主膳からもらった金で買った空き屋敷の土蔵だという。

——松並主膳……。

それを聞いたとき、美津はすべての望みが断たれたと観念した。

——あんな印籠を見せられただけで、

飛びつくように検校屋敷から飛び出してしまった、自分の浅はかさを悔やんだ。

——お殿さまが迎えを寄越してくださった。

いまから思えば、そんなことがあるはずもなかった。

——もしやして、お殿さまの側女になれるかも知れない……。

そんな淡い望みも、いまは泡と消えた。

これから先、どうなるのか、もう考えたくもなかった。

それより、いま美津は、ひたすら眠りたかった。

とろとろと微睡(まどろ)みかけたとき、また、あの男が盃をおいて美津に手をのばしてきた。

美津はなかば眠りかけていたが、拒むことはできなかった。

酒臭い息がツンと鼻をついてきた。

美津は四肢を放恣(ほうし)に投げ出したまま仰臥し、あらがうこともなく従順に、伏木惣六のもとめるままに身をゆだねた。

十一

──その夜。

深閑(しんかん)と寝静まっている阿能家屋敷の奥の間で、お簾の方と松並主膳が酒を酌みかわしていた。

ここは、お簾の方の寝所で、当主の光茂のほかは男子禁制のはずである。

しかし、主膳の着衣は絹の肌着だけで、お簾の方のほうも、また白絹の寝衣をまとっているだけだった。

うしろには臥所がしつらえられていて、かつ、寝乱れたままであった。

お簾の方の寝衣は胸前がしどけなくゆるんでいて乳房の裾野がのぞいている。

髪も鬢をといて櫛で長く梳き流したままというしどけない姿だった。

だれが見ても、ふたりがただならぬ関係にあることは見てとれる。

ふたりがこういう間柄になって、もう二年になる。

誘ったのはお簾の方のほうだった。

松並主膳は阿能家の侍のなかでも指折りの剣士だけに筋骨もたくましい。

いっぽう、相手のお簾の方はおどろくほど華奢な躰だった。

手足もか細く、骨盤も十五、六の小娘のようで、掌や足の甲には青白く血脈が浮き出している。

乳房は形よくちんまりしていたが、ふくらみは女の掌を伏せたほどしかない。

しかし、性欲だけはおどろくほどたくましく、飽きることなく男との交わりをもとめつづける淫婦の性であった。

お簾の方の閨事の相手は主膳ひとりにとどまらず、まだ前髪もとれない少年を側小姓にして臥所に呼びつけ、思うさまに弄んでやまなかった。

このことは主膳のほうも知っている。

松並主膳としては阿能家を思うがままに切り盛りしたいためにお簾の方の誘いにのったまでで、おんなとしてのお簾の方の女体に恋着しているわけではなかった。

それどころか執拗なお簾の方との房事の相手を肩がわりさせるため、見目よい小姓に命じたのである。

むろん見返りにそれなりの禄もあたえてあるが、いずれは始末するつもりでいる。

「美津の始末はしたそうじゃが、妙と赤子のほうはまだ行方も知れないのかえ」

「そうせかされますな。こころきいたる者に探索させておりますゆえ、近いうちに吉報をお知らせできましょう」

「そうか、なればよい……わらわにはそちだけが頼みゆえな」

そういうと、お簾の方にふたたび淫情が兆したらしく、寝衣の裾が乱れるのもかまわず主膳ににじりより、腕を主膳のうなじに巻きつけていった。

その寝所の外の廊下に夜もすがら、身じろぎもせずに正座して控えている、ひとりの老女の姿があった。

お簾の方が九つのときから側に仕えている女で、千代(ちよ)という忠実な老女であった。

もう六十を過ぎているが、お簾の方の気性を心得ぬいている女であった。

いくら諌(いさ)めたところで無駄なことを千代は知り抜いていた。

――おちいさいころはほんとに可愛い節句のお雛(ひな)さまのような御方だったが……。

いつの間にあのようになってしまわれたのか、千代にはわからなかった。

太閤さまも淀君(よどぎみ)に溺れて豊臣家(とよとみけ)を滅ぼされたし、五代さまも母御のいいなりになられて犬公方(いぬくぼう)などという悪名を残された。

海の向こうの殷(いん)という国には妲己(だっき)という悪女がいて、ついには国を滅ぼしたと聞いたことがある。

――もしかしたら、おなごには魔性が棲(す)みつきやすいものなのかも知れない。

そう、思うしかなかった。

第十章　心機奔る

一

――翌朝。

平蔵が目覚めたとき、佐治一竿斎も、お妙もとうに奥の間で朝餉をとっていた。

お篠は膝のうえに文太を抱いてあやしながら、ふたりの給仕をしていた。

顔を洗い、口をすすいで、そうそうに奥の間におもむき、挨拶をすると師がからかうように目を笑わせた。

「ゆうべの終い風呂はだいぶんに心地がよかったようじゃな」

「は……」

お篠は耳朶まで朱に染めて、身を竦めてしまっている。

「ふふふ、よいよい。それくらいの肝がのうては王子には乗り込めまいからの」

——この、お師匠……。

まったく油断も隙もないと、平蔵は腹のなかで苦笑いした。

「ところで平蔵。別邸は王子のどのあたりじゃな」

「はい。阿能家は代々王子権現社に寄進をして別邸も王子権現の近くを流れる音無川(なしがわ)沿いにあると北町奉行所の斧田という同心から聞いておりますが……」

「ほう。あのあたりなら夏でも、さぞかし涼しかろう」

「いかにも、光茂どのは夏になると毎年、涼みがてら別邸で過ごされていたそうです」

「さすがは五千五百石の大身旗本だけあって風流なことよ」

うなずいて佐治一竿斎はかたわらのお妙を見ると、目を笑わせた。

「そなたも、その涼しい別邸で光茂どのに可愛がられたのかな」

「…………」

お妙は思わず双眸(りょうめ)を見ひらくと、うなじまで真っ赤に血のぼせて、まぶしそうに目を伏せてしまった。

「そうかそうか、ちと口がすべったの。はっはっはっ……」

お篠の膝におとなしく抱かれていた文太がお妙のようすを見て、突然「わぁ〜わぁ〜」と声をはりあげ、泣き出してしまった。

お篠が急いでなだめすかそうとしたが泣きやまない。

お妙が箸をおいて抱きとると、すぐにピタリと泣きやんだ。

お妙はあやしながら背中を向けて襟をくつろげ乳をふくませると、文太は「ングング」と喉を鳴らし、片手で「ぴちゃぴちゃ」とお妙の乳房をたたきながらむさぼるように乳を飲みはじめた。

そのようすをお篠が首をかしげて、ほほえましげに眺めていた。

「これ、そなたも精出してややを産むことだの。ぐずぐずしておると平蔵めが浮気の虫を起こしかねんぞ」

「は、はい……」

お篠はちらと平蔵のほうを見やると、羞じらうように腰をあげて台所に逃げだした。

「お師匠……」

平蔵はムキになって反論した。

「伝八郎といっしょにせんでください。それがし、見境もなく、おなごの臀を撫でたりはしませんぞ」

「はっはっはっ、こやつめ。撫でる臀ができたゆえ、えらそうな啖呵を切りおったな。それほどお篠の臀が可愛いか、ン……」

「お師匠……」

平蔵が苦笑いしたとき、玄関で伝八郎の胴間声が響いた。

「おい。神谷！　お師匠が来ておられるというのはまことか」

「ふふ、あやつめ、感心にすっとんできよったわ」

一竿斎が平蔵に片目をつぶってみせた。

「なに、おなごを連れての遠出にそちひとりでは荷厄介になろうと思うて、伝八郎めに手伝わせてくれようと呼びつけたのじゃ」

どうやら、平蔵が朝寝をしているうちに、佐治一竿斎ははやばやと飛脚を頼んだらしい。

――さすがは、お師匠……。

口は悪いが、やることにぬかりはないと平蔵、腹のなかで舌を巻いた。

どたどたと足音がして、伝八郎と笹倉新八がそろって顔を見せた。

「おっ、これはお師匠……」

伝八郎が目をひんむくと、急いで片手にさげていた刀をかたわらに置いて正座した。

「久方ぶりにご健勝の態を拝し、なによりにございまする」

「うむうむ、そちは女房をもらっても懲りずに、せっせとおなごの臀を追いかけまわしているそうだの」

「え？　おい、神谷。きさま、お師匠につまらんことを告げ口したのか」

「馬鹿をいうな。おれは師匠にはなにも言ってはおらんぞ」

一竿斎がにんまりしながら伝八郎に目を向けて揶揄した。

「なんの、おまえの女癖のことなど碑文谷村にいても手にとるように筒抜けじゃ」

「こ、これは……」

伝八郎、巨軀をちぢめて閉口している。

一竿斎はかたわらに端座している笹倉新八に目を向けた。

「そちらの御仁が、笹倉どのかな」

「はい。笹倉新八ともうしまする。佐治先生のことはかねてから、神谷どのや矢部どのからうかがっております」

笹倉新八が折り目ただしく挨拶をすると、佐治一竿斎は満面に笑みをうかべて、深ぶかとうなずいた。

「いやいや、これは丁重なご挨拶で痛みいる。てまえは佐治一竿斎ともうす、見てのとおりの老いぼれでな」

かたわらのお妙と文太をかえりみて、目をしゃくった。

「この、おなごと赤子を連れて、ちと遠出をするゆえ、伝八郎めに手伝わせようと思うたが、こやつ、どうやらそこもとを巻き添えにしたようじゃな」

「いいえ。この一件にはそれがしもかかわりがござるゆえ、なにかあれば知らせてくれるよう頼んでおいたまででござる」

「おう、それは心強い。なにせ、向こうは大名並の大身旗本じゃ。家来も数多おるじゃろうから、ちと手こずるかも知れぬでな。そなたは念流の遣い手じゃそうだの」

「はい。未熟者ながら越後の柴山玄三郎先生の門下にございまする」

「おお、柴山どのの。それは、それは……わしも、若いころ、一度お目にかかったことがある。囲碁の手合わせをしただけで、立ち合うたことはないが、立ち合わんでも尋常の遣い手ではないことはわかりましたぞ」

「ははっ、そのお言葉をきけば柴山先生もさぞお喜びのことと存じます」

「うむうむ、平蔵も伝八郎も、よい知己をもって幸せものよ」

佐治一竿斎はよほど笹倉新八の人柄が気にいったらしい。

好もしげに老顔をほころばせたとき、表のほうでなにやら威勢のいい啖呵を切っている男の濁声が響いた。

「やいやい、サンピン！　ここんちのせんせいになんか用でもあんのかっ！」

「だまれっ！　こやつ！」

「せんせいよう！　妙なやつらがうろついていますぜ！」

――下谷の滝蔵だ……。

ドスのきいた濁声に聞き覚えがある。

何日か前に刀傷の手当てをしてやったことがある物騒なおあにぃさんだ。

「ほう……」

「向こうからお迎えにきてくれたのかな」

笹倉新八と伝八郎がかたわらの大刀をつかんで腰をあげると土間のほうに向かった。

平蔵もつづいて腰をあげたとき、お篠が台所から小走りにはいってきた。

「おまえさま……表になにやら」

「案じるな。そなたはここにいろ」

ソボロ助広（すけひろ）を手にして一竿斎を見た。

「お師匠。おなごたちを……」

「おお、案じるな」

一竿斎は平然と目尻を笑わせた。

二

平蔵が裸足（はだし）のまま玄関の外に出てくるのを見るなり、下谷の滝蔵が鳶口（とびぐち）を片手に駆け寄ってきた。

「おお、やっぱりおまえだったか」

「へへ、なにね。近くに来たもんで、ちょいと顔をだしてこうと思ったら、こいつらがうさん臭い目で家のなかをうかがってやがったんでさ」

滝蔵が目をしゃくってみせた。

すでに数人の二本差しが刀を抜きつれて、伝八郎と新八に対峙（たいじ）している。

「よし、もういい。おまえは門内にいろ」

「けっ、そうはいかねぇや！」

滝蔵、手に唾して気負いこんでいる。

そのとき、伝八郎の剛剣が、一人の浪人者の刀を宙に巻きあげると、刀の峰を返しざま、左の肩口に唸るような峰打ちをたたきつけるのが見えた。

「ううっ！」

浪人者はぽろりと刀を落とすと、左肩をおさえながら千鳥足で千駄木の神明社のほうに逃げ出していった。

笹倉新八も落ち着いた青眼の構えから、二人の浪人者を道の反対側にじわりと押しこんでいきつつあった。

「できるだけ殺すなよ。あとが面倒だ」

「おお、心得ておるわ」

伝八郎が余裕しゃくしゃくで破顔した。

「こいつらは雑魚だ！　斬れば刀の汚れになるだけよ」

平蔵は敵の頭数に目をはしらせると、師匠から拝領のソボロ助広を鞘走らせた。

敵の頭数は六人、ひとり伝八郎が減らしたから、残りは五人しかいない。

「おのれっ」

伝八郎の嘲笑に触発されたように歯嚙みしながら斬りこんできた浪人者の刀をかわしざま、平蔵は助広の峰を返した一撃を脇腹にたたきつけた。

同時に笹倉新八の刃がキラッキラッと二度ひらめき、一人は小手を、もう一人は胴に峰打ちを食らって呻き声をあげながら逃げ出していった。

残った一人は浪人ではなく月代を青々と剃りあげた武家屋敷の家士だった。

いちおう刀は構えているものの、修羅場ははじめてと見え、足がすくんで逃げることもできずに、屁っぴり腰で目も恐怖に吊りあがっている。

「おい。きさま、阿能家の家士だな」

ずかずかと踏みこんで軽く小手に峰打ちを食らわせた。

「あ、よ、よせっ……斬らんでくれ」

刀を投げ出して、へなへなとへたりこんでしまった。

「なんじゃ、こやつは……」

玄関先で見ていた佐治一竿斎が、呆れ顔になってつるりと顎を撫でた。

「人偏に寺どころか、女偏に犬じゃの」

ひょいと平蔵に目をしゃくってみせると吐き捨てた。

「こやつを縛っておけ。光茂殿へのよい手土産ができたわ」

「承知しました」

刀の下げ緒で、へたりこんでいる家士の手首を縛りあげた。

門柱の脇にいた滝蔵が目をひんむいた。

「せんせい……あ、あの爺さん、いったい、なんなんです」

土間にはいっていく佐治一竿斎を目でしゃくった。

「うむ。あの、おひとはおれの剣術のお師匠で、鬼みたいなおひとだよ」

「へえ、せんせいも、やっとうを遣えるんですかい」

「おい。ところで、その鳶口はなんだ」

「へへっ、おれは、下谷の火消しですぜ」

「ははぁ、火消しか。おれは、また博奕打ち(ばくちう)ちかと思ってたよ」

「よしてくだせぇよ。これでも本職はちゃきちゃきの鳶でさぁ」

「ほう、鳶だったのか。どうりで肝が据わってると思ったよ」

「いってぇ、このサンピンはなんなんです」

「そんなことより、滝蔵親分。悪いが団子坂下までいって町駕籠(まちかご)を二挺、ちょいと手配してきてくれぬか」

「合点でさ！」

滝蔵、勢いよく駆け出しかけて、くるっと振り向いた。

「せんせい。ひとつ、その親分てなぁ勘弁しておくんなさい。尻がむずむずすらぁ」

「ふふふ、わかったよ」

お篠がおずおずと出てくると、走り去っていく滝蔵を見て目を瞠った。

「おまえさま……いまの、おひとは」

「ふふふ、下谷の火消しの親分だとよ」

「ま……」

三

縛りあげた阿能家の家士を問いただすと、観念したらしく、あっさり白状した。

金をばらまいて人手を雇い、下目黒村の周辺を探索していたところ、佐治一竿斎がお妙と赤子を連れて江戸市中に向かったらしいという知らせがあった。

どうやら佐治一竿斎の行く先が、神谷平蔵という医者の家らしいと見当をつけたものの、町医者と佐治一竿斎がどういう間柄かわからない。

下手をすると、町奉行所から睨まれ、面倒なことになりかねない。

そこで松並主膳が飼い慣らしてあった浪人者に広瀬友次郎というその家士をつけて、千駄木の平蔵宅にお妙と赤ん坊がいるかどうかを探りにきたということだった。

「はてさて、呆れ果てたものよのう。三河譜代の大身旗本の家老が、おなごと、ややこを亡きものにしようと血眼になるようでは徳川の世も末だわい」

佐治一竿斎は溜息ついて吐き捨てた。

平蔵が宮内庄兵衛の組長屋にお篠の身柄を一日だけ預かってくれるよう頼んでもどってくると、間もなく滝蔵が手配してくれた町駕籠が二挺、到着した。

一挺にお妙と文太を乗せると、もう一挺に佐治一竿斎を乗せて王子に向けて出発した。

広瀬友次郎は伝八郎と笹倉新八に挟まれ、もはや観念したらしく素直についてきた。

王子村は日光御成街道を北上した先、飛鳥山の北にひろがる、まことにのどかな田園地帯である。

飛鳥山近くの茶屋で腹ごしらえをすませると、一行は音無川を渡った。

駕籠かきの人足によると、音無川は石神井川の下流で、下滝野川村から先を音無川と呼ぶらしい。

川の清流を渡ってくる涼風がここちよく頰をなぶり、まわりの木立から蟬時雨が降りそそいでいた。

「ううむ。よいところじゃのう。この夏の涼味はわしのような年寄りには何よりの馳走じゃ」

一竿斎は駕籠のなかで目を細めていた。

「のう、平蔵。いっそのこと碑文谷村を引き払うて、ここいらに藁葺き屋根のちんまりした家を建てて引っ越しとうなってきたわ」

駕籠脇についいて供をしている平蔵に声をかけてきた。

「さよう。ここならお福さまのご実家にも近うございますからな」

「うんうん、お福めも脂がのって肥えてきたせいか汗っかきになってきたからのう」

これにはなんとも返事のしようがない。

駕籠かきはこのあたりにくわしいらしく、阿能家の別邸もよく知っていた。

「あそこのお殿さまはたまに見かけますが、なんとも品のよい御武家さまで、へい、ときおり板橋宿の料理屋や、六石坂の料理屋に足を運ばれるときも、気軽にあっしらの戻り駕籠に乗ってくださいますんで……へへへ、そりゃもう、お駄賃もたんまりはずんでくだせぇますんで、へい」

後棒の駕籠かきは、なかなかよく舌のまわる男だった。

「平蔵や、こやつ、なかなかおもしろい男じゃ。駄賃をはずんでやってくれよ」

「は、かしこまりました」

伝八郎、それがおもしろくないらしく、口を尖らせ、平蔵の肘をこづいた。

「お師匠もひとがよいのう。しゃべれば小遣いをもらえるなら、おりゃ、いくらでもしゃべってやるぞ」

「しっ……聞こえるぞ」

「なに、わしの耳はお福がよう掃除してくれるゆえ、一町先の声もよう聞こえるわ」

佐治一竿斎の聞こえよがしの皮肉に、伝八郎は思わずちょろりと舌を出して、亀の子のように首を竦めた。

四

阿能光茂の別邸は、厳めしい土塀などなく、焼き杉の板塀でかこまれた風雅な屋敷だった。

門扉は開かれていて、六尺棒をもった門番などもいない。

駕籠かきにたっぷりと駄賃をはずむと、王子権現門前で昼寝でもして夕方まで待っていてくれるという。

待ち賃を払うというと、「なぁに、あっしらもたまには躰に楽をさせてもらいやすから気ぃ遣わねぇでおくんなさい」と笑った。

「それに滝蔵のあにぃからもたんまり祝儀をもらってやすから……」と片目をつむってみせた。

——滝蔵親分もしゃれたことするな。

見た目はやくざ者のようだが、人は見かけによらないものだと、腹のなかでいささかくすぐったい笑いが動いた。

佐治一竿斎とお妙親子が駕籠をおりるのを待って、あけっぱなしの門内にはいった平蔵が「頼もう……」と訪いをいれると、庭のほうから白髪の老僕が竹箒を手にのんびりした足取りでやってきた。

「はいはい、どなたさまですかの……」

けげんそうに首をかしげた。

平蔵のうしろから文太を抱いてついてきたお妙が笑みかけた。

「佐久平さん、わたくしですよ」

「おお、こ、これはお妙さま……」

「お殿さまはお健やかでいらせられますか」

「は、はい……た、ただいま」

佐久平が竹箒を手にしたまま、あたふたと庭のほうに小走りに駆け去っていった。

「ほう、五千五百石のあるじが住み暮らしておるとは、とても思えぬ簡素な館だのう」

佐治一竿斎が邸内のたたずまいを見渡して好もしげにうなずいた。

夏の陽射しを浴びて勢いよく新芽をのばしつつある老松の向こうに、母屋らしい茅葺き屋根の館が見える。

しばらくして館の庇の下に人声がざわめいたかと思うと、数人の家士を従えた人物が近づいてきた。

涼しげな夏羽織をつけ、腰に短刀を帯びただけの気さくな格好だったが、見るからに気品のある白皙の貴公子だった。

どうやら、それが阿能光茂らしい。

お妙を見るなり、貴公子の顔におどろきと喜色がみなぎった。

「お、おお！　妙ではないか……」

「お懐かしゅうございます」

お妙は文太を抱いたまま、片膝ついて深ぶかと頭をさげた。

「お健やかなごようすを拝し、なによりのことに存じます」

身なりは質素だが、さすがに屋敷奉公をしていただけにお妙の挙措は折り目ただしいものがある。

「妙。もしやして、そのややこは……」

「はい。文太ともうします」

「ならば産まれたのは男子だったか」

「はい。お殿さまの和子にございまする」

「でかしたぞ。妙……うむ、よくぞ、無事に産んでくれた」

光茂のようすを見ると、守り袋も念書も無用のようだった。

「そうか、文太と名付けてくれたか。わしの幼名が文史郎(ぶんしろう)だったことを覚えていてくれたのじゃな。うれしいぞ、妙」

光茂の白皙の満面が笑みくずれた。

そのとき佐治一竿斎が歩み出た。

「阿能光茂さまでござるな」

「うむ……そなたは」

「もはや、お見忘れなされたかな。紺屋町の佐治一竿斎にござるよ」

「お、おお！……これは佐治先生」

光茂が目を瞠ったかと思うと、すぐさま片膝ついて頭をさげた。

「あまりにも久方ぶりにて失礼をいたしました。父が存命中はよく屋敷にてお目にかかり、いろいろと世の中のことを話していただきましたこと、いまだに覚えておりまする」

「おお、よう覚えていてくだされましたの」

「いかにも……」

光茂は膝を起こして懐かしげに微笑した。

「それがしが、まだ、たしか元服前のことでしたが、木刀の持ち方、構え方など教えていただいたこと、いまだに懐かしく、ときおり思い出しております」

平蔵も、伝八郎も、新八も、そしてお妙までが、意外な事の成り行きに思わず顔を見合わせるばかりだ。

むろん、光茂の近習(きんじゅう)たちも呆然(ぼうぜん)として見守るばかりだった。

五

——四半刻（三十分）後。

一同は阿能家別邸の座敷で、光茂の側仕えの女中たちが用意した膳部を前に接待をうけていた。

光茂は文太を抱いたお妙をかたわらに座らせ、佐治一竿斎から一連の事件の詳細を聞いていた。

部屋の片隅には広瀬友次郎が二人の家臣に挟まれ、顔色なくうなだれている。

「これ、友次郎……」

佐治一竿斎からいきさつを聞き終えた光茂が、はたと友次郎を睨みつけた。

「そちは阿能の家臣か、それとも主膳の走狗になりはてたのか！」

「ははっ……まことにもうしわけもなく」

友次郎、平伏したまま蒼白になった顔をあげることもできなかった。

そのとき、門前のほうから十数頭もの馬蹄の音と、馬のいななきが聞こえてきた。

「どうやら、そちたちの出番がまいったようだの」

佐治一竿斎の双眸が平蔵、伝八郎、新八にそそがれた。

いちはやく三人は刀をひきつけている。

やがて、廊下から家臣の一人があわただしく駆けてきた。

「殿！　ただいま、ご家老が、御方さまともども到着されるとのことです」

「なに……呼びもせぬにようもぬけぬけと！」

険しい顔になって腰をあげかけた光茂を佐治一竿斎が押しとどめた。

「ま、ま、光茂どの。ここは、わしとあの者どもにおまかせなされ」

その声のおわらぬうちに、庭のほうから袴の股立ちをからげた十人余の浪人者をひきつれた疋目十郎太と伏木惣六が草鞋履きで殺到してくるのが見えた。

平蔵たち三人がすぐさま庭に飛び降りて迎え撃った。

「神谷さん。あの、のっぽが疋目十郎太とかいう遣い手だ。例の脱（ぬけ）とかいう技に気をつけたがいい」

笹倉新八が声をかけた。

「お美津のこともあるゆえ、あの伏木惣六はおれにやらせてもらう」

「よおし、ならばおれは残りのガラクタどもの掃除をしてくれるわ」

伝八郎がうそぶいて剛剣を抜きはなつと、六尺有余もの巨軀とは思えぬ身軽さで駆けだしていくや、先頭の浪人者が斬りこんできた刀を弾きかえし、そのまま刃を返すと肩口から脇腹まで存分に斬り裂いた。

血しぶきが噴出し、夏空を赤く染めた。

それを見て、たじろいだ浪人者の胸板を伝八郎の鋒（きっさき）がずぶりと刺し貫いた。

その間に新八は伏木惣六の前に立ちふさがり、ぴたりと青眼に構えた。

「きさまだな。お美津を誑（たぶら）かし拉致（らち）したのは……」

「ふふ、あのおなごはなかなかの好き者よ。おれが当分じっくり仕込んでから女衒（ぜげん）にたたき売ってくれるわ」

ほざきながら刀を八双（はっそう）に構えた。

笹倉新八は青眼のまま、微動だにしない。

その二人を横目に見て、平蔵は背後にいる長身の疋目十郎太に歩み寄っていった。

疋目十郎太には仲間の浪人者にはない、剣士と呼ぶにふさわしい風格が感じられたからである。

疋目十郎太もまた歩み寄ってくる平蔵を見て、初めて刀を抜きはなった。

「神谷平蔵というのは、きさまか」

「ああ、佐治一竿斎先生門下で鐘捲流を学んだ者だが、きさまの馬庭念流、とくと見せてもらおう」

平蔵は腰のソボロ助広の柄に手をかけたが、抜き放とうとはしなかった。

「町医者風情が口幅ったいことをほざくわ」

疋目十郎太は伏木惣六とおなじく、ぐいと刀を八双に構えた。

「ふふ、たしかにおれは医術で飯を食ってはいるが、馬庭念流の始祖も目医者をしていた念流の達人偽庵入道について修行し、印可を授けられたというぞ。医も、剣も、人を救うためのもの、その道を外しては外道、邪道でしかないと思うがね」

平蔵はわざと疋目十郎太を挑発するような言辞を弄(ろう)して挑発した。

「なにぃ！」

疋目十郎太は満面を朱に染め、怒気を発してカッと双眸を見ひらくと、ぐいと鋒を起こし、大上段にふりかぶった。

馬庭念流は上野国(こうずけのくに)馬庭村の郷士樋口兼重(ひぐちかねしげ)を開祖とするが、念流の祖、念阿弥慈音(ねんなみじおん)を師として工夫を加えて馬庭念流を名乗るようになったものだ。

平蔵は念流の印可を授けられた笹倉新八と幾度となく小網町の道場で立ち合っている。

工夫をくわえたといっても基礎が念流から発しているかぎり、それほど懸け離れてはいないはずだ。

そもそも剣を手にして対峙したときの怒気は剣の乱れにつながる。

平蔵は静かにソボロ助広を抜きはなつと、ゆらりと鋒を泳がせ、ひっそりと剣気を殺して佇(たたず)んだ。

──人には見る、聴く、嗅ぐ、触れる、味わうという五感のほかに無心のうちに感知する本能を持っている。

野山に棲(す)まう鳥獣にもある、その本能を人は安逸(あんいつ)のなかに失ってしまった。

――それを取り戻す。

剣の神髄はこれに尽きる。

いま、平蔵は無心のままで、この剣鬼に立ち向かおうとしていた。

茫洋(ぼうよう)と佇んだままの平蔵に苛立(いらだ)った疋目十郎太は迸(ほとばし)るような殺気を発し、何度も踏み込みかけたが、平蔵の無防備ともいえる立ち姿に不気味なものを感じてか、一歩、踏み込めずに苛立ちをつのらせているようだった。

そのあいだに伝八郎は、はやばやと無頼浪人を一人残らず仕留めてしまった。

伏木惣六は仲間がつぎつぎに討ち取られるのを見て血のぼせたか、しゃにむに笹倉新八に斬りかかっていった。

なかなかの剛剣だったが、念流の印可を授けられた笹倉新八にとっては、伏木惣六など物の数ではなかった。

焦(あせ)って踏み込みすぎた伏木惣六の躰が泳いだ一瞬の隙に真(ま)っ向微塵(こうみじん)の上段から唐竹割(からたけわ)りに斬って捨てた。

頭蓋骨(ずがいこつ)から胸まで真二つに斬り割られた伏木惣六は断末魔(だんまつま)の声をあげる間もなくたたらを踏んで、つんのめるように庭の植え込みのなかに突っ伏してしまった。

疋目十郎太もさすがにそれを見て逆上したか、眦裂(まなじりさ)いて強引に平蔵に斬りつけてきた。

　その一瞬、平蔵のソボロ助広の鋒が陽光に燦めき、疋目十郎太の手首を両断すると、返す刀で喉笛を跳ね斬った。

　血しぶきが霧雨のように烟り、音無川の川風に吹き流されていった。

　平蔵、血刀を背後に隠し、片膝ついて座敷の阿能光茂に一礼した。

　身じろぎもせず、端座したまま見守っていた阿能光茂が感嘆の声をあげた。

「見事じゃ。さすがは佐治先生の愛弟子、見事な技を見せてもろうた」

　かたわらで見守っていた佐治一竿斎も満足そうにおおきくうなずいた。

「ようしてのけたぞ、平蔵。すこし見ぬ間に腕を磨いたようじゃの」

　伝八郎がささやきかけた。

「おい、いまのはなんという太刀筋だ」

「いや、おれにも、わからん……自然に躰が動いただけだ。……ま、しいていえば、心機が奔ったとしかいえぬ」

　平蔵は茫洋としたまま小首をかしげた。

　そのとき、廊下に殺気だった足音を響かせて、松並主膳とお簾の方が馬乗り袴のままでずかずかと室内に踏みこんできた。

「殿！　そやつらは阿能家を食い物にしようとする騙(かた)り者でございますぞ」

松並主膳が佐治一竿斎や平蔵たち三人を指さし、怒声を浴びせた。

かたわらからお簾の方が、妙と文太を憎悪にみちみちた表情で睨みつけた。

「妙！　ようも、しらじらしく殿を誑かせてくれたの！　どこの馬の骨ともわからぬ赤子を連れて何しに参った。ええい！　さがれ、さがれっ」

たぐい稀(まれ)な美貌が、鬼女のように変貌している。

佐治一竿斎がふわりと腰をあげ、哀れむような眼差しをお簾の方にそそいだ。

「おやめなされ。その夜叉(やしゃ)のような顔を、若き日の新之助君がご覧になれば面(おもて)を背けられましょうぞ」

「な、なんじゃと……」

新之助とは現将軍吉宗の若いころの呼び名である。

「そ、そちは……そも、何者じゃ」

「わしか……ふふふ、かつて光茂どのに剣術の手ほどきをしてさしあげた佐治一竿斎ともうす年寄りでござるよ」

「お簾。いい加減にせぬか！」

光茂が叱咤(しった)した。

「余が王子におるあいだ、そなたが主膳と不貞を重ねておったことを余が知らぬとでも思うていたのか！」

「うっ……」

「屋敷の奥向きにも余の耳役がおる。言い逃れは無用！　そなたや主膳の顔など見とうもない。いずれ沙汰するゆえ、それまで屋敷内に蟄居もうしつける」

「ほほほほっ……ようも申されますな。このこと上様のお耳にはいれば阿能家はどうなるかご存じですか」

「なんの、上様ほどの賢明な御方がおことの世迷い言などに惑わされるはずもなかろう。また、万が一にも阿能家が家名断絶、お取りつぶしになろうとも、そちたちをこのまま捨て置くことこそ家名の恥じゃ！」

　光茂は凜として言い放った。

　そのとき、松並主膳が青ざめた顔をひきつらせ、座敷を突っ切り、刀を抜きざま光茂に迫ろうとした。

　いちはやく平蔵が一躍して廊下に駆け上がりざま、松並主膳の背後から袈裟懸けの一刀を浴びせた。

「ううっ……」

血しぶきあげ、たたらを踏んで突っ伏した松並主膳を見て、狂乱したお簾の方が帯に挟んであった懐剣を逆手に抜いて光茂に向かって突っかかっていった。

一瞬、佐治一竿斎が素早く手刀で懐剣を叩き落とすと、お簾の方の脾腹にハッシと当て身の拳を衝きいれた。

お簾の方は声もなく、そのまま松並主膳の屍に折りかさなるように崩れ落ちた。

音無川の川風が一陣の涼風となって血腥い屋敷を吹き抜けていった。

終　章　しがらみのない女

一

——その夜。

お妙と文太を別邸に残し、阿能光茂が仕立ててくれた駕籠（かご）に乗って佐治一竿斎をはじめ平蔵たちが千駄木にもどってきたのは夜も更けた四つ（十時）ごろであった。

伝八郎と笹倉新八はそのまま駕籠でそれぞれ連れ合いの待つ我が家へ帰っていった。

阿能光茂からはそれぞれに百両ずつもの礼金をもらったから、伝八郎は有頂天（うちょうてん）だった。

お美津が捕らわれていた土蔵の場所を広瀬友次郎から聞き出した光茂の側近の

侍が、すぐさま馬を走らせ、救出に向かった。

お美津が望むなら内女中として奉公させてもよいという光茂の意向だったが、おそらくお美津は恥じて拒むだろう。

そのときは篠山検校に頼んで、ふたたび検校屋敷に迎えてやろうと笹倉新八は考えているらしい。そのほうがお美津のためにもいいだろうと平蔵も思っている。

――おなごというのは一人で食べていくぐらいのことはなんとでもなりますもの。

お篠のいったことは的を射ている。

なに、お美津はまだ若いし、おなごは強い生き物だ。

男はうじうじと過ぎたことをひきずる生き物だが、過ぎたことはさっぱりと忘れるのが、おなごの強さでもある。

そのうち嫌なことは忘れて捨て去り、しばらくすれば、また今日を生きていくようになるだろう。

佐治一竿斎と平蔵が千駄木の家の前で駕籠からおりると、お篠とお福が寄り添って出迎えてくれた。

お篠は駕籠からおりたった平蔵を見ると、傍目（はため）もかまわず下駄（げた）の音を響かせて駆け寄ってきた。

「おまえさま……」

飛びつくように平蔵の胸にすがりついてきたお篠を平蔵はひしと抱きしめてやった。

よほど案じていたのだろう。お篠の躰は小刻みに震えていたが、お福はおっとりした表情で佐治一竿斎と平蔵を見迎えた。

「神谷さま。うちのひとのお守りをしていただいて、さぞ手こずられましたでしょう」

「なんじゃ、お守りとは……まだ弟子に守りをされるような年ではないわ」

一竿斎は仏頂面になって、お福を睨みつけたが、

「ほほほ、そうやってすぐむくれるところが年寄りの悪い癖ですよ」

お福はさらりと受け流し、

「さぁさ、今夜はお篠さまに手伝っていただいて走りの秋茄子の鴫焼きと豆腐の田楽焼きにいたしましたよ」

「おお、秋茄子の鴫焼きか、それはうまそうじゃな」

たちまち師匠の顔がほころびた。

「ね、年寄ると食い意地が張ってくるものなのですよ」

お福がくすっと笑って平蔵を見た。

「さ、なにはともあれ、おふたりともお風呂にはいって汗を流してくださいな」

「はい。今日はご造作をおかけしましたな」

「なんの、お篠さまのお手伝いをしていただけですよ。ほんとに、よい嫁女をおもらいになりましたね」

「は……これは、おそれいります」

平蔵はすこし身をかがめて、お篠の耳にそっとささやいた。

「おい、だいぶ心配させたゆえ、今夜こそ、そなたの背中を存分に流してやるぞ」

お篠がうなじまで血のぼせ、平蔵の胸に頬を埋めてきた。

その夜は佐治一竿斎とお福には奥の間に寝てもらい、平蔵とお篠は隣室の六畳間に臥所(ふしど)をとった。

二

——丑満時(うしみつどき)。

隣室に寝ている佐治一竿斎とお福は蚊帳（かや）のなかで、とうに健（すこ）やかな寝息をたてて熟睡している。

平蔵とお篠は宮内庄兵衛が手配してくれた貸し蚊帳のおかげで蚊に悩まされることもなく、臥所に寄り添っていた。

ふたりとも湯上がりのせいもあるが、なによりも気が昂ぶって一向に寝つけないでいた。かといって、隣室で師匠たちが寝ているとあれば気を遣（つか）わなくてはならない。

お篠は洗い髪のまま、平蔵の腕枕のなかにすっぽり包まれていた。

いつの間にやら箱枕は蚊帳の裾に追いやられてしまっている。

平蔵は白い寝衣の襟（えり）から手をさしいれ、お篠の乳房のふくらみを楽しんでいた。

お篠は切なげに身をよじって、平蔵の胸に頬をおしあてた。

「お妙さまは、いずれは光茂さまの奥方に迎えられることになるのでしょうね」

「いや、それはわからんな。阿能家は旗本といっても大名並の格式だ。親戚筋も多いし、うるさいのがそろっているだろうからな。光茂どのの思うように運ぶかどうかはわからんの。ただ、あの文太が世継ぎになることだけはまちがいなかろうよ」

「厄介なことですのね」

「ああ、武家はなによりも家の格式と血筋を大事にするのが掟(おきて)だからな」

平蔵は腕枕すると、お篠の腰をぐいと引き寄せた。

「なにせ、武家は掟、掟、掟のかたまりみたいなものよ。ことにおなごは武家に嫁(か)したら外泊はおろか外出(そとで)もままならぬ。身なりも身分相応でのうては咎(とが)められる。たとえ顔見知りでも男とむやみと口をきいたりしてはならん。たとえ互いが独り身でもな」

お篠の唇をそっと吸いつけた。

「ふふ、このようなことをしているところを見つかったら、折檻(せっかん)どころか不義者として成敗されても文句はいえぬだろうよ」

練(ね)り絹(ぎぬ)のようになめらかな脇腹の肌を愛撫しながらささやいた。

「おれはな。そんな掟、掟でがんじがらめに鎖(くさり)で縛られているような武家屋敷から逃げ出したかったのよ」

「…………」

「お妙というおなごも、このようなことにならなんだら、光茂どのの屋敷にもどるつもりはなかったのではないかな」

「お簾の方さまも、なにやら哀れなおひとですわね……」

「ああ、なまじ若いころ上様のお手がついたばかりに、おかしな欲がむくりと頭をもたげたのかも知れぬが、もともと妬心の人一倍強いおなごだったのよ。……でのうては、おなごをみずからの手で折檻するような真似はするまい」

平蔵は眉をひそめた。

「お美津というおなごを治療したが、目をそむけたくなるほどのむごい折檻の跡だった。妬心もあるだろうが、あのおなごは、生来、人を苛むことを好む嗜虐の質なのであろうな。しかも、おなごの嗜虐の矛先はどういうわけか、きまっておなごに向けられる」

平蔵は暗いまなざしを蚊帳の外の薄闇におよがせた。

「おのれにないものをもっている女を許せないのかも知れんな……お美津は器量ではお簾の方には遠くおよばないが、娘盛りの若さがある。その若さがどうにも妬ましかったのだろうよ」

「でも、お簾の方さまも、お若いころは上様をお慕いしておられたのでしょう」

「なに、おなごの惚れた腫れたほどアテにならぬものはないというぞ」

「え……」

「なにせ、たいがいのおなごは半年もすれば、行く末の算用をはじめるというからの」

「まさか、そのような……」

「ま、みながみなそうではなかろうが、おれから去っていったおなごは、おおかれ、すくなかれ、みなそうだったような気がする。なにせ、おれと暮らしてみれば算用にはあわんことがわかってくるからの」

——縫も、文乃も、波津も、武家のしがらみを捨てきれない女だった。そのしがらみには暮らしの安泰もあるが、武家の者という矜持（きょうじ）がついてくる。おのれを見るまわりの目もちがう。それをどうしても、捨てきることができなかったのだろう……。

お篠は腰をよじり、双腕をのばして平蔵のうなじに巻きつけた。

「わたくしは……」

「よいよい、そなたがそのようなおなごではないとわかったゆえ、そなたを力ずくでも奪おうと思うたのよ」

お篠はくすっと笑った。

「そなたがどこかにいってしまうかも知れぬと思うたら、ああするしかなかった」

「まさか、そのようなこと。篠はどこへもまいりませぬ。ずっと、いつまでも、平蔵さまのおそばに……」

まるで、十六、七の小娘のようなことを口にして、お篠は幸せそうに平蔵の胸に頬を埋めた。

先行きはわからないが、お篠は首枷（くびかせ）になるような煩（わずら）わしいしがらみのない女である。

かすかに薄汗をにじませた肌から木犀草の白い花のような芳香がただよってきた。

ふいに一竿斎がおおきな寝返りをうった。

隣室のようすをうかがったが、しばらくするうち、また、師の健やかな寝息が流れてきた。

虫のすだく声が夜のしじまを縫って涼しげに流れてくる。

（ぶらり平蔵　心機奔る　了）

参考文献

『江戸10万日全記録』 明田鉄男編著 雄山閣
『江戸あきない図譜』 高橋幹夫著 青蛙房
『徳川吉宗 国家再建に挑んだ将軍』 大石学著 教育出版
『肉筆風俗絵巻』 福田和彦編著 河出書房新社
『もち歩き江戸東京散歩』 人文社
『江戸っ子は何を食べていたか』 大久保洋子監修 青春出版社
『名刀 その由来と伝説』 牧秀彦著 光文社
『剣豪 その流派と名刀』 牧秀彦著 光文社
『大江戸美味草紙』 杉浦日向子著 新潮社
『隠居の日向ぼっこ』 杉浦日向子著 新潮社
『一日江戸人』 杉浦日向子著 新潮社
『刀剣』 小笠原信夫著 保育社
『近世風俗志（一〜五）』 喜田川守貞著 宇佐美英機校訂 岩波書店

コスミック・時代文庫

●●●●●●●●●●●●●●●●●●●●●●●●●●●●●●●●●●●●●

ぶらり平蔵（へいぞう）
決定版⑪心機奔る

2022年 10月 25日　初版発行
2023年 4 月 26日　2刷発行

【著 者】
吉岡道夫（よしおかみちお）

【発行者】
相澤　晃

【発 行】
株式会社コスミック出版
〒 154-0002 東京都世田谷区下馬 6-15-4
代表　TEL.03(5432)7081
営業　TEL.03(5432)7084
　　　FAX.03(5432)7088
編集　TEL.03(5432)7086
　　　FAX.03(5432)7090

【ホームページ】
http://www.cosmicpub.com/

【振替口座】
00110 - 8 - 611382

【印刷／製本】
中央精版印刷株式会社

ISBN978-4-7747-6418-4 C0193

吉岡道夫　ぶらり平蔵〈決定版〉刊行中！

①剣客参上
②魔刃疾る
③女敵討ち
④人斬り地獄
⑤椿の女
⑥百鬼夜行
⑦御定法破り
⑧風花ノ剣
⑨伊皿子坂ノ血闘
⑩宿命剣
⑪心機奔る
⓬奪還
⓭霞ノ太刀
⓮上意討ち
⓯鬼牡丹散る
⓰蛍火
⓱刺客請負人
⓲雲霧成敗
⓳吉宗暗殺
⓴女衒狩り

隔月順次刊行中

※白抜き数字は続刊

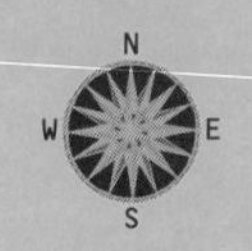
N
W
E
S